왜 기황후 제대로 모르면 안 되나요?

왜 기황후 제대로 모르면 안 되나요?

1판 1쇄 펴냄 2014년 4월 25일

지은이 박주연
그린이 유영근
편 집 박경화, 황설경, 이은영
마케팅 송만석, 한아름

펴낸이 하진석
펴낸곳 참돌어린이

주 소 서울시 마포구 독막로 3길 8
전 화 02-518-3919
팩 스 0505-318-3919
이메일 book@charmdol.com

신고번호 제313-2011-228호
신고일자 2011년 5월 30일

ISBN 978-89-97592-55-5 63800

왜 기황후 제대로 모르면 안 되나요?

박주연 지음 · 유영근 그림

이강한 (한국학중앙연구원 연구정책실장) 감수

참돌어린이

　역사 이야기를 드라마나 영화로 만든 것을 보통 '사극'이라고 합니다. 과거의 역사적 사실을 근거로 하되, 그것을 극적으로 묘사해 시청자들에게 보여주는 것이 사극입니다. 당시 상황이 그랬겠구나 믿으며 보는 것이 사극이기도 합니다. 요즘에는 옛날부터 유행하던 '정통사극'에 사람들이 재미있어 할 만한 요소들을 섞은 '퓨전사극'도 유행하고 있습니다.

　그런데 문제는 이러한 사극들 중 일부는 재미와 긴장감을 위해 어떤 사건을 실제보다 과장하거나, 실제로는 없었던 내용을 추가하기도 한다는 것입니다. 그 과정에서 '역사적 사실'과는 지나치게 멀어져 버리기도 합니다. 더러는 역사적 사실과 정반대되는 상황을 역사적 사실처럼 포장하기도 합니다. 그래서 시청자들로 하여금 당시의 역사를 오해하게 만들기도 한답니다.

　물론 역사에 기록되지 않은 선에서는 어느 정도 자유롭게 표현할 수 있습니다. 하지만 역사적 사실과는 전혀 다른 내용들로 역사의 기본적인 맥락을 깨고 잘못된 흐름을 야기하는 내용은 조심해야 합니다. 역사에 대한 잘못된 인식은 현실에 대한 잘못된 해석으로 이어질 가능성이 크고, 이는 여러분의 바람직한 가치관 형성에 도움이 되지 않기 때문입니다.

요즘 TV나 인터넷에서 '역사 왜곡'이라는 말을 자주 합니다. 재미는 있지만 왜곡된 부분들이 많은 사극에 대한 우려와 지적의 말이 많아지고 있기 때문입니다. 아는 만큼 보이는 역사는 모르면 보이지 않게 되므로 많이 알고자 하는 자세가, 바르게 알고자 하는 자세가 필요합니다. 이 책을 통해 기황후에 대해, 고려와 원의 역사에 대해 넓고 깊게 판단할 줄 아는 여러분이 되었으면 좋겠습니다.

2014년 4월, 봄 햇살 가득한 어느 날

이강한

차례

감수글 · 4

1. **기황후는 누구인가요?** 원나라의 황후가 된 고려 여인 · 10

2. **기황후네 가족 소개** 기황후를 등에 업고 고려를 움켜쥐다 · 12

3. **고려는 어떤 나라인가요?** 태조 왕건, 후삼국을 통일하고 고려를 세우다 · 14

4. **고려는 어떤 상황이었나요?** 몽골에 항복하지 않고 40년을 버티다 · 16

5. **고려 24대 왕 원종의 선택** 왕권을 되찾기 위해 원나라와 손을 잡다 · 18

6. **원나라의 간섭을 받게 된 고려** 내 말 잘 들으면 보호해 줄게! · 20

7. **유목민의 습성** 강화도에 고려 시대 문화재가 별로 없는 이유? · 22

8. **팔만대장경은 왜 만들었나요?** 자랑스러운 문화유산, 팔만대장경 · 24

9. **칭기즈 칸의 손자가 원나라를 세우기까지** 유목민이 세계를 집어삼키다 · 26

10. **부마국이 뭔가요?** 원나라 공주의 사윗감 1순위, 고려 국왕 · 28

11. **삼별초 항쟁** 휘어질 바에는 부러지겠다! · 30

12. **울며 겨자 먹기, 정략결혼** 부인이 있는데 원나라 공주와 또 혼인하라고요? · 32

13. **굴욕의 충자 돌림** 충렬왕, 충선왕, 충숙왕, 충혜왕, ⋯⋯ · 34

14. **고려의 대외 개방 정책** 왜 우리나라는 HANGUK이 아닌 KOREA일까요? · 36

15. **동방견문록** 콜럼버스가 신대륙을 발견할 수 있었던 건 마르코 폴로 덕분? · 38

16. **몽골은 어떻게 세계 최강대국이 되었나요?** 말과 활로 이룬 막강 제국 건설기 · 40

17. **고려에 퍼진 몽골 풍습, 몽골풍** 오늘날에도 남아 있는 몽골의 언어와 풍습 · 42

18. **원나라의 노골적인 신분 차별** 한인·남인 위에 몽골인·색목인 있다! · 44

19. **공녀가 뭔가요?** 산 사람도 공물로 바쳐라! · 46

20. **조혼 풍습의 유래** 누난 내 여자니까! · 48

21. **환관이 뭔가요?** 남자이길 포기한 남자 · 50

22. 몽골의 황위 계승법 능력 있는 자, 황위에 도전하라! •52

23. 원의 마지막 황제, 토곤 테무르 행운의 여신이 미소 짓다 •54

24. 부처님의 은혜에 대한 토곤 테무르의 보답 이제는 갈 수 없는 절, 신광사 •56

25. 원 황위를 손에 쥔 남자 장인어른을 두려워한 황제 •58

26. 기황후, 고려 환관 고용보의 눈에 들다 저 소녀를 황후로 만들자! •60

27. 고려의 차 문화 오직 한 사람을 위한 의식 •62

28. 고용보는 누구인가요? 오만함이 하늘을 찌르는 환관 •64

29. 박불화는 누구인가요? 난 뼛속까지 기황후의 사람이야! •66

30. 원나라 황후의 조건 몽골의 왕비족 '옹기라트'의 여인 •68

31. 제1황후 타나실리의 불길한 예감 저 아이가 자꾸 거슬려! •70

32. 탕기쉬 형제의 반란과 타나실리의 죽음 최고 권력자 바얀과 힘을 겨루다 •72

33. 옹기라트의 여인이 황후가 되다 고려 여인에게 황후 자리를 줄 수 없어! •74

34. 불탑사에 있는 원당사 오층석탑 비나이다, 비나이다, 황태자를 낳게 해주소서! •76

35. 바얀이 조카 톡토에게 당하다 권력 앞에서는 가족도 없다 •78

36. 제2황후가 된 기황후 고려의 여인이 원의 황후가 되다 •80

37. 기황후의 황금 곳간, 자정원 돈 나와라, 뚝딱! 권력 나와라, 뚝딱! •82

38. 충혜왕은 누구인가요? 세 살 버릇 못 고친 비운의 왕 •84

39. 한국 상업사에 큰 업적을 남긴 충혜왕 상업은 천한 일이 아니다 • 86

40. 원나라에 퍼진 고려 풍습, 고려양 고려양의 중심에 기황후가 있었다? • 88

41. 흙과 불이 만나 이룬 푸른 보석, 고려청자 중국에서 배워 와 중국을 뛰어넘다 • 90

42. 고려 출신 황후 기황후 이전에도 고려 출신의 황후가 있었다고요? • 92

43. 공민왕은 누구인가요? 나는 앞으로 변발을 하지 않겠다! • 94

44. 공녀 제도에 대한 이곡의 상소문 왕이여, 딸 가진 아비들의 눈물을 그치게 하소서! • 96

45. 여동생의 권세를 등에 업은 오라비의 횡포 내 여동생이 원나라의 황후라니까? • 98

46. 원나라 편에 선 고려 사람들 이상한 가족, 권문세족 • 100

47. 권문세족 VS 신진 사대부 권문세족에 대항하는 신진 사대부의 등장 • 102

48. 조일신의 난 바람의 방향이 바뀌다 • 104

49. 고용보의 죽음 기황후, 왼팔을 잃다 • 106

50. 원에 반기를 들게 된 결정적 계기, 장사성의 난 잘하면 우리가 이길 수도 있겠어! • 108

51. 공민왕파 VS 덕흥군파 설득하러 갔다가 설득당하다 • 110

52. 숨은 공신, 문익점의 가족들 백성들이 따뜻한 무명옷을 입기까지 • 112

53. 진퇴양난 원나라 안에도 적, 밖에도 적! • 114

54. 홍건적의 난 고려와 원, 공공의 적 • 116

55. 흥왕사의 변 기황후의 꾐에 넘어간 김용 • 118

56. 최유의 난 고려의 왕을 바꾸려 한 기황후 • 120

57. 황제가 한눈을 파는 사이 정치는 재미없어! • 122

58. 황제 양위 사건 황위를 놓고 벌어진 부부싸움 • 124

59. **박불화의 죽음** 기황후, 오른팔을 잃다 • 126

60. **명나라의 시작** 주원장, 원 황제를 몰아내고 명나라를 세우다 • 128

61. **흔들리는 고려** 공민왕의 방황과 갑작스러운 죽음 • 130

62. **최무선의 화포 개발** 세계 최초로 바다에서 대포를 쏘다 • 132

63. **직지심체요절** 세계 최초의 금속 활자로 만든 책 • 134

64. **최영은 누구인가요?** "황금 보기를 돌같이 하라!" • 136

65. **이성계는 누구인가요?** 조선의 1대 왕이 되다 • 138

66. **원의 마지막 모습** 역사의 소용돌이에 휘말린 원 • 140

67. **우왕과 창왕** 진짜 아버지는 누구? • 142

68. **위화도 회군** 환상의 콤비, 최영과 이성계의 엇갈린 운명 • 144

69. **공양왕은 누구인가요?** 고려의 마지막 왕 • 146

70. **공민왕 신당** 종묘, 조선 왕조 사당의 청일점 • 148

71. **기황후의 마지막 자취** 기황후의 묘가 우리나라에 있다? • 150

부록

고려 왕실의 발자취를 따라 강화도로 떠나는 1박 2일 여행 • 152

연대표로 한눈에 알아보는 고려와 원의 역사 • 156

1. 기황후는 누구인가요?

원나라의 황후가 된 고려 여인

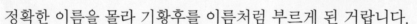

　기황후는 고려 시대 한 관료의 집에서 태어나 원나라의 황후가 된 인물이에요. 본명은 알려져 있지 않고, 몽골 이름인 올제이 후투그로만 기록에 남아 있어요. 우리에게 알려진 기황후라는 이름은 기씨 성을 가진 황후라는 뜻으로, 정확한 이름을 몰라 기황후를 이름처럼 부르게 된 거랍니다.

　당시 우리나라인 고려는 힘이 약해 원나라로부터 많은 간섭을 받고 있었어요. 원나라에 바치는 여러 가지 공물 중에는 고려 처녀인 공녀도 포함되어 있었지요. 기황후도 그 당시 원나라로 건너갔기에 많은 사람이 공녀였다고 생각하지만, 정확한 자료가 없어 확실하지는 않아요. 그저 공녀였을 것이라고 추측만 하는 것이지요.

원나라에서 차 따르는 궁녀가 된 기황후는 황제인 토곤 테무르 혜종의 사랑을 받게 되었어요. 그리고 원나라 황실에서 관직을 차지하고 있던 고려 환관들과 손을 잡고 황후가 되지요. 원나라 후궁들과 길고 긴 세력 다툼을 거쳐 원나라의 마지막 황제인 토곤 테무르의 두 번째 황후가 된 거예요. 상상이 가나요? 본래 원나라는 특정한 귀족 가문의 여자를 황후로 맞이하는 전통이 있었어요. 그런데 느닷없이 나타난 고려의 여인이 황후가 되려고 했으니 얼마나 격렬한 반대와 피비린내 나는 세력 다툼이 있었겠어요.

기황후가 언제 태어나고 세상을 떠났는지에 대한 정확한 기록은 전해오지 않고 있어요. 황후가 된 시기나 여러 가지 역사 기록을 바탕으로 1300년대 초에 태어났을 거라고 추측하고 있을 뿐이지요. 기황후는 여러모로 베일에 싸여 있는 인물이랍니다.

원나라에 가 황후까지 지냈음에도 우리나라의 역사책에는 나와 있지 않은, 관련된 책도 별로 없어 낯설게만 느껴지는 기황후. 앞으로 우리는 기황후가 고려에서 태어나 원나라의 황후가 되어 역사에서 사라질 때까지 어떤 일들이 있었는지 자세히 알아볼 거예요.

자, 그럼 기황후가 처음 울음을 터뜨린 1300년대 고려 시대로 함께 떠나 볼까요?

기황후를 등에 업고 고려를 움켜쥐다

기황후의 본관은 고려의 행주현재의 경기도 고양시였어요. 본관은 조상들이 살던 지역을 뜻하는 말이에요. 기황후의 집안은 사회적으로 권위가 있고 살림살이가 괜찮은 집안이었답니다. 고조할아버지 기윤숙이 무신 집권기의 유명한 인물인 최충헌의 측근이었거든요. 그래서 대대로 조상의 공훈을 인정받아 과거 시험을 보지 않고도 관직을 지닐 수 있게 되었지요. 기황후의 가족을 소개하자면, 기황후 아버지 기자오는 지방의 고을을 맡아 다스리던 수령이었고, 어머니는 정3품 관직을 지낸 이행검의 딸이었답니다.

기황후는 오빠 다섯에 언니가 둘 있는 막내딸이었어요. 오빠들의 이름은 기식, 기철, 기원, 기주, 기륜이었어요. 그중 첫째 기식이 세상을 일찍 떠났기 때문에 둘째 기철이 장남이나 다름없었어요. 나중에 고려 역사에 불명예스럽게 등장하게 되는 오빠지요.

기황후의 가족은 기황후가 원의 황후가 되어 세력을 떨치게 되자 덩달아 높은 대접을 받게 되었어요. 당시 아버지 기자오는 이미 이 세상 사람이 아니었음에도 영안왕으로 높여 불리게 됐어요. 어머니는 왕대 부인이라는 작위를 받았고요. 둘째 기철은 원나라로부터 정동행성의 참지정사에 임명됐어요. 정동행성은 원이 일본 원정을 위해 고려에 설치한 관서예요. 셋째인 기원도 임금의 명령을 받아 문서를 꾸미는 일을 하는 한림학사 벼슬을 받았고요. 원의 눈치를 보던 고려도 어쩔 수 없이 기철을 정1품에 해당하는 최고 관직인 덕성부원군에, 기원을 덕양군에 봉했어요.

벼락출세를 하게 된 기황후의 가족은 기고만장해졌어요. 기황후의 권세를 믿고 오만방자한 행동으로 백성의 원성을 사게 되었지요. 결국 나중에는 고려왕의 눈 밖에 나게 된답니다.

기황후가 원으로 가기 전 고려에서 어떻게 지냈는지는 알려지지 않고 있어요. 다만 관료 집안의 딸이었기 때문에 유복한 어린 시절을 보냈을 것이라고 추측되고 있어요. 오빠가 다섯에 언니가 둘이었다니, 세상에 무서울 것 하나 없는 골목대장이었을지도 모른답니다.

3. 고려는 어떤 나라인가요?

태조 왕건, 후삼국을 통일하고 고려를 세우다

발해

왕건

궁예

태봉

후백제

견훤

신라

신라 말 지방 호족들의 힘이 세지면서 왕권이 약해지자, 전국 각지에서 새로운 세력이 생겼어요. 그중에서 견훤이 이끄는 후백제와 궁예가 이끄는 태봉의 세력이 두드러지면서 후삼국 시대가 시작되었어요. 후고구려라고도 불리는 태봉이 세워진 901년부터 후백제가 멸망한 936년까지의 시기를 후삼국 시대라고 부른답니다. 하지만 926년까지는 북쪽에 발해가 있었기 때문에, 본격적인 후삼국 시대는 926년부터 10년 동안이라고 볼 수 있어요.

궁예가 크게 세력을 떨치자, 왕건의 아버지 왕융은 자신의 성과 군대를 궁예에게 바치고 궁예와 손을 잡았어요. 아버지를 따라 궁예의 사람이 된 왕건은 북쪽으로는 대동강 유역까지, 남쪽으로는 나주와 완주까지 태봉의 영토를 넓혀 나갔어요. 곧 태봉이 삼국 중에서 가장 넓은 영토를 차지하게 되었지요. 그런데 왕이 된 후 성질이 포악해진 궁예는 스스로를 미륵이라고 자처했어요. 그러고는 자신이 사람의 마음을 꿰뚫는 능력을 가졌다며 신하들을 의심하고 죽이기 시작했어요. 하루는 왕건을 불러 다짜고짜 "네가 반역을 모의하고 있는 걸 알고 있다!"며 윽박질렀어요. 왕건이 재빨리 위기를 알아채고 잘못했다며 빌자, 궁예는 정직하다며 금은으로 장식한 안장과 고삐를 선물로 줬어요. 이렇듯 궁예의 폭정이 날로 심해지자 홍유, 배현경, 신숭겸, 복지겸 등 왕건의 부하들이 왕건에게 반란을 제안했어요. 918년 6월, 마침내 왕건은 궁예를 몰아내고 고려를 세우게 되지요.

한편 후백제에서는 견훤이 넷째 아들을 왕위에 올리려다가 나머지 아들들에 의해 금산사에 갇히게 되었어요. 석 달만에 겨우 탈출했지만 갈 곳이 없던 견훤을, 한때 적이었던 왕건이 극진히 맞이해 주었어요. 당시 신라는 경순왕이 왕건에게 바친 상태로, 후삼국 통일을 위해 남은 것은 후백제뿐이었어요. 왕건은 아들에 대한 복수심에 불타는 견훤을 앞세워 군사를 이끌고 가 백제군에게 항복을 받아냈어요.

936년, 왕건은 마침내 후삼국을 통일하고 고려의 왕으로 우뚝 서게 되었답니다.

4. 고려는 어떤 상황이었나요?

몽골에 항복하지 않고 40년을 버티다

고려 후기, 나라 밖에서는 몽골을 세운 칭기즈 칸이 세계 정복을 꿈꾸며 무섭게 영토를 넓히고 있었어요. 이때 몽골군에 쫓기던 거란족이 고려를 침략했는데, 다행히도 몽골과 협력해 물리칠 수 있었어요. 하지만 몽골은 자신들의 공을 내세우며 조공을 요구했어요. 몽골 사신들도 고려에서 활개를 치고 다녔고요. 이 때문에 몽골에 대한 고려의 반감은 점점 커지게 되었어요. 그러던 중 1225년에 우리나라에서 몽골 사신이 죽임을 당하는 사건이 일어나면서, 몽골은 우리와의 국교를 단절해 버렸어요. 그리고 이 사건을 빌미로 6년 후인 1231년에 고려를 침략했어요.

몽골의 1차 침입에 고려는 수도 개경을 포위당하면서 항복했어요. 위기감을 느낀 고려 조정은 1232년 7월에 수도를 강화도로 옮겼어요. 수상전에 약한 몽골군이 강화도에는 쉽게 쳐들어오지 못

할 것이라고 생각했기 때문이었어요. 일부 충신은 강화도로 수도를 옮기면 백성들의 피해가 엄청날 것이라며 반대했지만, 무신 정권은 자신들의 뜻대로 밀어붙였어요. 한편 이 소식을 듣고 화가 난 몽골군은 다시 고려를 침략했어요. 그런데 맞서 싸워야 할 고려군은 강화도에 숨어 있고, 백성이 의병을 조직해 몽골군에 대항하는 어처구니없는 상황이 벌어졌어요. 용감한 의병들의 공격으로 처인성 전투에서 몽골군은 사령관을 잃고 물러났지만, 3차 고려-몽골 전쟁에서는 고려의 피해가 엄청났어요. 황룡사 9층탑 등 소중한 문화유산이 불타고 수많은 백성이 죽었지요. 후에 고려 23대 왕 고종이 금방 항복하겠다고 달래어 몽골군을 돌려보냈지만, 약속을 지키지 않자 4~5차 침입이 이어졌어요.

6차 침입에서도 3차 때와 비슷하게 피해가 컸어요. 7차 침입 때는 우리나라 사신이 몽골 황제를 설득해 전투 직전 몽골군을 철수시켰고요. 전쟁이 끝을 보이지 않자, 조정에서도 이제 그만 몽골에 항복해야 한다는 의견이 거세졌어요. 1258년, 전쟁을 고집하던 무신 정권의 수장 최의가 암살되면서 이듬해인 1259년에 몽골과 강화를 맺게 되었지요. 기나긴 전쟁의 끝이 보이는 것 같았어요.

하지만 무신 임연과 그의 아들 임유무가 싸움을 계속해 저항하는 바람에 10년이 지난 1270년에야 수도를 다시 개경으로 옮길 수 있었어요. 고려-몽골 전쟁은 무려 40년에 달하는, 우리나라 역사에서 가장 긴 전쟁이었답니다.

5. 고려 24대 왕 원종의 선택

왕권을 되찾기 위해
원나라와 손을 잡다

아, 싫은데…

고려의 상황에 대해서 이야기할 때 무신 정권이라는 말이 많이 등장하지요? 고려 조정은 무엇이고, 무신 정권은 또 무엇일까요? 여기에 대해서 설명하려면 잠깐 고려-몽골 전쟁기로 되돌아가야 해요.

고려 초기에는 문벌 귀족들이 중심이 되면서 자연스레 무신들은 차별 대우를 받았어요. 무신은 아무리 공을 쌓아도 벼슬에 제한이 있었어요. 왕을 가까이에서 도우면서 모든 벼슬아치를 지휘할 수 있는 이품 이상의 벼슬은 문신이 독점하고 있었고요. 군대의 최고 지휘마저도 문신이 장악했답니다. 심지어 군인들은 전쟁이 아닐 때는 각 지방마다 할당된 공물을 마련하는 노동에도 동원되는 등 제대로 대우받지 못했어요.

이렇듯 사회적으로는 멸시를 받았지만, 무신들의 실제적인 세력은 커지고 있었어요. 강력해진 문신 세력과 국왕 사이의 권력을 둘러싼 갈등도 무신 세력이 커지는 데 큰 영향을 끼쳤고요. 결국 문신 중심의 고려 전기 사회는 붕괴되고, 1170년에 정중부 등이 일으킨 무신의 난을 시작으로 100년간 무신들이 정권을 장악하게 돼요. 정중부, 경대승, 이의민, 최충헌 등으로 이어지며 지도자가 여러 번 바뀌었지요. 특히 최충헌은 마음대로 왕을 폐위시키고, 자신의 집에 교정도감이라는 관청을 설치해 나라의 모든 일을 결정했어요. 최충헌 이후로 4대에 걸쳐 60여 년간 최씨 정권이 지속되었어요. 무신들이 국가의 중요한 정책을 결정하고 실시하는 동안 왕은 허수아비 신세였지요.

고려-몽골 전쟁기에 강화도로 수도를 옮기는 데 중심이 되었던 세력도 무신 정권이었어요. 무신 정권이 몽골에 맞설 것을 강력히 주장했기 때문에 왕은 마음대로 할 수가 없었지요. 그러던 중 무신 정권의 수장인 최의가 죽자, 기회라고 생각한 왕은 왕권을 되찾고자 몽골과의 강화를 기꺼이 받아들였어요. 내부의 적을 물리치기 위해 외부의 적과 손을 잡는 선택을 한 거지요. 몽골과의 강화는 1259년 고종이 죽은 후 새롭게 왕이 된 원종의 협조로 순조롭게 이루어졌답니다. 사실은 또 다른 비극의 시작에 불과했지만요.

6. 원나라의 간섭을 받게 된 고려

내 말 잘 들으면 보호해 줄게!

무신 정권이 무너지고 40년간 계속된 전쟁이 끝나면서 고려는 원의 간섭을 받게 되었어요. 비록 전쟁에는 패했지만, 원은 고려인의 끈기와 용기를 존중했어요. 잔악무도하기로 이름난 몽골군을 상대로 이렇게 긴 세월을 싸운 나라는 고려뿐이었거든요. 고려는 원의 정복지 중 유일하게 나라 이름과 왕실 등을 그대로 유지할 수 있게 되었어요.

당시 몽골에서는 쿠빌라이세조와 아릭 부케가 서로 황제가 되기 위해 싸우고 있었어요. 고려의 태자였던 원종은 항복을 하러 몽골로 가는 길에 몽골 4대 칸 뭉케헌종가 죽었다는 소식을 듣고 고민에 빠졌어요. 쿠빌라이와 아릭 부케 중 한 명을 선택해야 했거든요. 고민 끝에 원종은 쿠빌라이를 찾아가 충성을 다짐하고 고려의 평화를 약속 받았어요. 쿠빌라이를 선택한 것은 모험이었어요. 누가 황제가 될지 확실하지 않은 상황이었거든요. 원종은 재빨리 상황을 살피고 계산해 쿠빌라이 쪽에 승산이 있다고 판단한 거예요. 쿠빌라이는 고려의 국왕이 자신을 찾아온 것에 대해 매우 기뻐했답니다.

1270년, 우리 역사에서 '원 간섭기'라고 불리는 시기가 시작되었어요. 쿠빌라이는 고려 왕실에 적극적인 후원을 하고 호의적인 태도를 보였어요. 훗날 원종을 폐위하려는 반란이 일어났을 때 원종의 아들인 세자 심이후의 충렬왕에게 군사를 빌려주기도 했지요. 원이 아무런 대가없이 도와준 거냐고요? 당연히 그 대가는 훨씬 컸어요. 일본 침략을 위한 기구인 정동행성이 우리 땅에 설치되고, 평안도와 함경도 쪽의 영토를 빼앗겼어요. 폐하 대신 전하로, 태자 대신 세자로 낮춰 부르게 했어요. 세자들은 왕이 되기 전에 '입조 시위'라고 해서, 원에 가 황제를 보필하며 지내는 기간을 가져야 했지요. 또한 왕이 죽은 후 '조'나 '종'을 붙이던 우리의 관습을 없애고 '~왕'으로 부르게 했어요. 다루가치라는 감시단을 고려에 보내 고려에서 일어나는 모든 일을 보고 받았고요. 무엇보다 백성을 가장 괴롭힌 것은 원이 요구한 엄청난 양의 공물이었어요. 엄청난 호의를 베푸는 듯 했지만, 사실은 한 가지의 자유를 주고 수십 가지의 자유를 빼앗아 갔답니다.

7. 유목민의 습성

강화도에 고려 시대 문화재가 별로 없는 이유?

고려 조정이 강화도에서 지낸 기간이 무려 40년이라고 했지요? 무신 정권은 나라가 어려운 상황에서도 백성에게 높은 세금을 걷고, 화려한 궁궐과 뜰을 만드는 데 많은 인원을 동원했어요. 나무를 나르다가 물에 빠져 죽은 사람도 많았는데, 안타까운 것은 이렇게 고생해서 지은 건물들이 현재는 거의 남아 있지 않다는 거예요. 왜냐고요? 그 이유는 유목민 특유의 전투 습성 때문이랍니다.

몽골인은 원래 유목민이었지요. 유목민은 초원에 임시로 집을 짓고 사냥을 하며 살았기 때문에 터를 잡고 정착하는 문화를 이해하지 못했어요. 정복지에 풀 한 포기 남기지 않기로 악명이 높았지요. 몽골은 고려가 강화도에서 개경으로 되돌아갈 때 궁터를 모두 없애라고 명령했어요. 그대로 남겨 두면 고려인이 언젠가 다시 강화도로 들어가 자신들에게 대항해 싸울지도 모른다고 생각했기 때문이에요.

강화도는 입지 조건 때문에 우리 역사에서 유배지와 피난지로 많이 이용되었어요. 썰물과 밀물의 깊이 차이가 크고 섬 주위가 갯벌이어서, 훗날 조선 시대 인조도 비상사태가 생기면 강화도로 들어가 저항한다는 계획을 세워 두기도 했답니다. 하지만 강화도 천도 시절에 수만 명의 사람이 피난을 와 살게 되면서 얕은 바닷물을 흙으로 메워 땅을 넓혀야 했어요. 나중에는 넓은 갯벌이 거의 남아 있지 않게 되어서 외세가 쳐들어오기 쉬워졌답니다.

만약 갯벌이 보존되었다면 강화도는 무적의 요새가 되었을 거예요. 오른쪽 발을 빼내면 왼쪽 발이 빠지고, 왼쪽 발을 빼면 오른쪽 발이 빠지면서 적들이 갯벌에서 허우적거리는 사이에 전멸당했을 테니까요.

8. 팔만대장경은 왜 만들었나요?

자랑스러운 문화유산, 팔만대장경

팔만대장경은 국보 제32호로, 2007년 세계 기록 유산에 등재되었어요. 경판의 수가 8만 1천 장이 넘고, 8만 4천 번뇌를 이겨내기 위한 8만 4천 법문이 담겨 있어서 팔만대장경이라고 하지요. 다 읽으려면 30년이 걸린다고 하니 그 양이 얼마나 될지 짐작이 가지요?

팔만대장경은 1236년부터 1251년까지 16년에 걸쳐 완성해 현재 합천 해인사에서 보관 중으로, 우리나라에 남아 있는 대장경 중에서 가장 오랜 역사를 가지고 있어요. 수천만 개의 글자 중에 잘못 새겨지거나 빠진 글자가 하나도 없이 완벽해서 그 보존 가치가 매우 높지요. 그런데 팔만대장경은 우리나라에서 처음 만든 대장경이 아니랍니다.

초조대장경은 처음 새긴 대장경이라는 뜻으로, 고려가 중국 송나라의 대장경과 국내의 자료들을 바탕으로 만든 우리나라의 첫 대장경이었어요. 거란족이 침입하자 부처의 힘으로 외적을 물리치자는 데 뜻을 모아 만들었지요. 1011년에 만들기 시작해 1087년에 끝나기까지 무려 76년이 걸렸어요. 하지만 안타깝게도 흥왕사에서 부인사로 옮겨 보관하던 중, 1232년 몽골군의 2차 침입 때 모두 불타 버렸어요. 초조대장경을 보완하고자 만들었던 속장경도 이후 몽골군의 침입으로 불타 없어져 버렸답니다.

한편 몽골의 침입에 시달리던 무신 정권은 초조대장경을 만들었을 때 거란족이 물러갔던 사실을 기억해 강화도에서 팔만대장경을 만들기 시작했어요. 비록 백성의 눈물겨운 항쟁과 희생이 계속되긴 했지만, 팔만대장경을 만들며 오랜 세월을 버틴 덕분에 고려는 몽골에 맞서고도 유일하게 국명을 보존한 나라가 될 수 있었어요.

한 사람이 새긴 듯 동일한 글씨체로 정성스레 새겨진 수많은 경판에는 당시 고려 조정의 인내와 정성스러운 마음이 고스란히 담겨 있어요. 정부에서 보호해 주지 못한 백성들의 고통과 부처의 도움을 기다리던 무신 정권의 간절함도 함께 스며 있답니다.

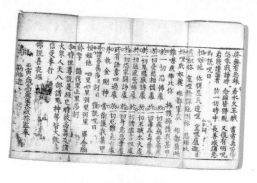

▲ 팔만대장경 목판본

유목민이 세계를 집어삼키다

    고려를 무릎 꿇게 한 몽골은 어떤 역사를 지닌 나라였을까요? 몽골 고원에는 타타르, 옹구트, 메르키트, 옹기라트, 키야트 등 다양한 부족이 있었어요.

    강하고 날쌔다는 뜻의 테무친은 1162년에 키야트 부족장의 아들로 태어났어요. 테무친이 어렸을 때 부족들은 목장과 가축을 차지하기 위해 서로 치열하게 싸우는 상황이었어요. 테무친이 9살 되던 해에 그의 아버지가 원한을 가진 이들에게 독살되면서, 지도자를 잃은 키야트 부족은 뿔뿔이 흩어지게 되었지요.

    하지만 어려운 시절을 버티며 힘을 키워 성장한 테무친이 널리 이름을 떨치게 되자, 키야트 부족의 사람들이 하나둘씩 돌아와 테무친을 받들었어요. 테무친은 몽골 고원의 여러 부족을 차례로 정복했지요. 1206년, 마침내 테무친은 칭기즈 칸이라는 존칭을 받고 몽골의 지도자가 된답니다. 몽골 부족에서 '칸'은 최고 지도자를 뜻해요.

칭기즈 칸으로 즉위한 테무친은 10만 기병을 이끌고 몽골 초원을 나와 정복 전쟁을 시작했어요. 남쪽으로는 서하, 금, 송을 정복했고, 서쪽으로는 중앙아시아, 서아시아, 동유럽을 정복했어요.

영토가 너무 넓어지자 칭기즈 칸은 아들들에게 정복지를 나누어 다스리게 했어요. 중앙아시아의 차가타이한국과 오고타이한국, 서아시아의 일한국, 동유럽의 킵차크한국은 처음에 몽골 제국에 속해 있었지만 차례로 떨어져 나가 독립국이 되었지요.

칭기즈 칸은 1227년에 사망했지만, 그의 후계자인 오고타이와 손자 뭉케, 쿠빌라이가 뜻을 이어 역사상 가장 큰 제국을 이룩했답니다. 지배 영역이 동쪽으로는 한반도, 서쪽으로는 폴란드, 북쪽으로는 북극해, 남쪽으로는 태평양과 페르시아 만까지 이르렀다고 하니, 정말 엄청나지요?

칭기즈 칸의 손자인 쿠빌라이는 1271년, 나라 이름을 '대원'이라고 선포했어요. 쿠빌라이 칸이 통치하던 원은 현재의 중국과 몽골에 해당하는 영토랍니다.

10. 부마국이 뭔가요?

원나라 공주의 사윗감 1순위, 고려 국왕

알아서 잘합시다.

끄응…

　고려가 원에 항복하면서 수도를 개경으로 옮기려 하자, 무신 정권의 실세로 떠오른 임연이 이를 반대하며 원종을 폐위시키려고 반란을 일으켰어요. 하지만 원종의 아들인 세자 심충렬왕이 쿠빌라이에게 이 사실을 알리며 도움을 청했고, 쿠빌라이의 적극적인 도움으로 원종은 복귀되지요. 원종은 쿠빌라이에게 감사의 뜻을 전하면서 몽골 공주와 고려 세자의 혼인을 청했답니다.

　그런데 왜 원은 순순히 고려의 청에 응했던 걸까요? 당시 원은 남송과 치열한 전투 중이었는데, 고려와 송이 연합할 경우 전쟁에서 질 수도 있어서 위압감을 느끼고 있었어요. 이런 상황에서 원에 반대하는 임연은 골치 아픈 말썽쟁이였지요. 여기에 쿠빌라이의 골치를 아프게 하는 일이 하나 더 생겼으니, 바로 삼별초의 난이었어요. 임연이 죽자, 이번에는 삼별초가 옛 수도인 개경에 돌아가는 것을 반대하고 나섰거든요.

쿠빌라이는 혼인을 통해 고려와 돈독한 관계를 맺고 삼별초를 소탕하려 했어요. 그 다음에 한반도 서남해안을 장악하고 남송과 일본 등 동아시아를 차례로 정복하려 했지요. 또한 고려 왕실과 혈연관계를 맺음으로써 고려의 항쟁 의지를 완전히 꺾으려 하였어요.

반면에 오랜 기간 원과의 전쟁에 지친 고려의 백성은 고려왕이 세계 최강대국인 원 황제의 사위가 되면 태평성대를 누리게 될 것이라고 기뻐했어요. 어제의 적이 하루아침에 가족이 되었지만, 이렇게 서로 다른 생각을 품고 있었답니다.

몽골 황실이 혼인을 맺는 방식은 두 가지가 있었어요. 서로 아들과 딸을 주고받는 쌍방혼과 딸만 보내고 아들은 보내지 않는 일방혼이었어요. 그중 고려는 후자에 속했지요. 원 황실에서 딸만 보내고 아들은 보내지 않은 까닭은 가문의 혈통을 보존하기 위해서였던 것으로 추측돼요. 당시 원의 귀족 가문은 남자 쪽의 혈통에 따라 결정되었기 때문이에요.

원의 부마국이 되는 게 고려 입장에서 좋은 일이었을까요, 나쁜 일이었을까요? 고려왕은 원의 황제를 뽑는 일에도 관여하는 등 원에서 높은 지위를 얻게 되었어요. 고려의 인재들이 원의 과거 시험에 합격해 관리로 일하게도 되었고요. 하지만 원이 고려 정치에 깊숙히 간섭하게 되면서 이리 저리 휘둘리게 되었어요. 원에게 직접 지배당하지 않았기 때문에 겉으로는 달라진 게 없는 것 같았지만, 고려는 원의 간섭 아래 놓이게 되었답니다.

11. 삼별초 항쟁

휘어질 바에는 부러지겠다!

앓는 이처럼 끝까지 원을 괴롭힌 존재가 있었어요. 무신 정권의 특수 부대인 삼별초였어요. 1219년, 무신 정권의 지도자였던 최우는 나라 안의 도적과 폭도를 막기 위해 야별초라는 군사 조직을 만들었어요. 야별초의 군사 수가 많아지자 좌별초와 우별초로 나누고, 여기에 몽골군에게 잡혀갔다가 탈출한 병사들로 구성된 신의군을 더해 삼별초라는 특수 부대를 만들었지요.

그런데 '나라 안의 도적과 폭도를 막기 위해서 만들어졌다.'란 말은 무슨 뜻일까요? 삼별초는 외세의 침입으로부터 나라를 지키기보다는 무신 정권을 지키는 목적이 강했다는 뜻이에요. 이들은 전쟁 기간 동안 강화도에 머물며 무신 정권을 보좌했어요. 밖에서 백성들이 죽어가는 중에도 무신 정권을 위해 화려한 뜰과 건물을

30

만들었지요. 그러다가 자신들의 지도자가 죽으면서 고려가 원에 항복하는 예기치 못한 상황을 맞닥뜨린 거예요. 이들은 몽골에 항복한 왕권을 인정하지 않고 자신들이 고려의 대표라고 생각했어요. 고려 조정과 원은 삼별초를 해산하려고 했지만, 삼별초의 새로운 지도자 배중손은 항복을 거부하고 진도로 가서 새로운 정부를 세웠어요. 배중손은 전라도와 경상도의 주요 도시들을 장악한 후, 고려 조정이 이 지역에서 곡식을 거둬들이지 못하게 바닷길을 막았어요. 고려와 원의 연합군이 공격해 배중손을 없앴지만, 남은 세력이 제주도로 옮겨가면서 끝까지 싸웠지요. 하지만 1273년 4월에 고려와 원 연합군이 제주도에 상륙해 삼별초를 공격했어요. 남아 있던 70여 명의 삼별초 군사들은 스스로 목숨을 끊었고, 이로써 3년에 걸친 삼별초의 항쟁은 마침내 끝나게 됐답니다.

　삼별초는 고려의 정규군이 반란군이 된 특이한 경우예요. 실제 권력을 장악하고 있던 무신 정권과 왕권의 뜻이 갈리면서 일어난 일이었지요. 비록 고려왕에 맞섰지만 원에 항복하지 않고 끝까지 싸운 그들의 투지만큼은 높이 사고 있어요. 물론 무신 정권의 권력이 위협받지 않았다면 애초에 삼별초 항쟁은 일어나지 않았겠지만요.

삼별초 항쟁비

12. 울며 겨자 먹기, 정략결혼

부인이 있는데 원나라 공주와 또 혼인하라고요?

화 풀어요

1274년, 원 황실과 고려 왕실 사이에 첫 혼인이 이루어졌어요. 신부는 홀도로게리미실, 우리나라 역사서에서 제국 대장 공주로 불리는 쿠빌라이의 친딸이었고, 신랑은 원종의 장남이자 고려의 세자인 왕심이었어요. 혼인한 지 두 달 후, 왕심은 고려 25대 왕인 충렬왕으로 즉위하게 된답니다.

사실 충렬왕에게는 이미 고려 부인이 있었어요. 친척인 왕씨 여인과 혼인을 맺어 아들 하나와 딸 둘을 두고 있었지요. 충렬왕은 제국 대장 공주가 개경에 도착하자 첫째 부인 왕씨를 정화 궁주에 책봉하고 별궁에서 지내게 했어요. 제국 대장 공주가 시집오면서 뒤로 물러난 정화 궁주는 원나라 공주가 이듬해 9월에 아들을 낳자 마음이 더욱 초조해졌어요. 참고로 제국 대장 공주가 낳은 왕자가 훗날 고려 26대 왕인 충선왕이 된답니다.

정화 궁주로서는 부부로 지내 온 남편을 갑자기 다른 여인에게 빼앗겼으니 얼마나 억울하고 분했을까요? 하지만 어쩔 도리가 없었어요. 원 황실에서는 정화 궁주를 왕비로 인정하지 않은 채 제국 대장 공주에게만 최선을 다하라고 압박했고, 충렬왕은 아무 힘이 없었거든요. 제국 대장 공주가 원 황제에게 서운한 일을 고자질하지는 않을까, 날마다 살얼음판 위를 걷는 것 같았지요.

충렬왕은 원에 잘 보이고 싶어서 일찍이 머리 모양과 의복을 몽골식으로 바꿨어요. 겁구아라고 부르는 몽골식 머리는 정수리에서 이마까지 머리를 깎고 가운데만 머리카락을 남기는 독특한 모양이었어요. 이 모습을 처음 봤을 때 신하들은 매우 비통했어요. 하지만 제국 대장 공주가 입국할 때는 그들도 서둘러 머리 모양와 옷을 몽골식으로 바꿔야 했지요. 지금 생각해도 파격적인 머리 모양인데 예의를 중시했던 고려 사회에서는 얼마나 큰 충격이었겠어요. 충렬왕의 아버지 원종은 자신이 죽거든 마음대로 하라며, 끝까지 고려의 머리 모양과 복식을 고집했답니다.

이후 충선왕에서부터 시작하여 충숙왕, 충혜왕, 공민왕에 이르기까지 5명의 고려 국왕이 모두 원나라 공주와 혼인을 맺었어요. 어린 나이에 죽어 결혼을 하지 못한 충목왕과 충정왕을 제외하고, 고려의 모든 왕이 원나라 공주를 아내로 맞이했지요. 고려 시대 100여 년 동안 이러한 일들이 계속 됐다고 하니, 원의 영향력이 정말 대단했지요?

충렬왕, 충선왕, 충숙왕, 충혜왕, ……

어흠!

忠렬왕

원이 고려를 사위 나라로 삼았다는 말은 얼핏 듣기엔 그만큼 동등한 입장이란 뜻 같지만, 사실은 원의 종속국들과 크게 다르지 않았어요.

원 황실의 첫 사위는 고려 25대 왕인 충렬왕이었어요. 충렬왕은 몽골과 강화를 맺었던 원종의 맏아들인 세자 심으로, 원과 전쟁 중이던 1236년에 태어났어요. 1274년에 충렬왕이 쿠빌라이의 딸 제국 대장 공주와 결혼하면서 본격적인 원 간섭기가 시작되었지요.

1308년, 충렬왕에 이어 고려의 왕이 된 충선왕은 왕이 된 후에 죽은 아버지의 시호를 지어 달라고 원에 부탁했어요. 시호는 왕이 죽은 후 생전의 공을 찬양하며 붙이는 이름이에요. '충렬왕'은 그가 세상을 뜬 후에 받은 이름이지요. 그런데 당황스러운 점은 충선왕이 이미 시호가 있던 증조왕인 고종과 조왕인 원종의 시호도 다시 지어 달라고 부탁했다는 거예요. 아기가 태어나면 집안의 어른들이 이름을 지어 주지요? 이처럼 시호를 요청하는 것은 두 나라의 서열을 인정하는 상징적인 의미가 담겨 있는 것으로 신중했어야 했는데 말이지요. 어쩌면 원나라 제국 대장 공주의 아들이었던 충선왕은 원을 더욱 친밀하게 느껴서 원나라의 법과 제도를 기준으로 고려를 개혁하고 싶었던 건지도 모르겠어요.

원은 충선왕의 부왕에게는 충렬왕, 고종에게는 충헌왕, 원종에게는 충경왕이라는 시호를 내렸어요. 충선왕 때문에 고종과 원종까지 덩달아 '충' 돌림자가 들어간 시호를 받게 된 거예요. 하지만 고종과 원종은 원 간섭기 이전의 왕이었기 때문에 충렬왕부터 돌림자를 사용한 왕으로 친답니다. 이전까지는 우리 왕들도 독립 국가의 통치자를 의미하는 '조'나 '종'을 썼었어요. 그런데 이것을 금지하고 '왕'이라는 호칭과 원에 충성하는 의미의 '충' 돌림자를 쓰게 된 거예요.

충렬왕을 시작으로 충선왕, 충숙왕, 충혜왕, 충목왕, 충정왕까지 내리 6대 왕들이 모두 원에서 받은 시호를 따랐어요. 1274년부터 1351년까지, 무려 77년의 기간 동안 말이에요. 이 굴욕의 '충'자 고리는 공민왕 때 와서야 끊어졌답니다.

왜 우리나라는 HANGUK이 아닌 KOREA일까요?

고려!

외국인들이 한국을 가리켜 코리아Korea라고 부르지요? 국가 간 중요한 외교 만남 때는 정식 명칭인 리퍼블릭 오브 코리아Republic of Korea를 사용하지만, 특별한 경우가 아니면 대부분 코리아라고 부르지요. 코리아라는 이름을 예전부터 당연한 듯 사용해 왔기 때문에 '왜 우리나라 이름은 코리아일까?'란 의문을 가져 본 사람은 별로 없을 거예요. 그런데 왜 코리아라고 부르게 됐는지 혹시 알고 있나요? 코리아란 이름은 바로 고려에서 유래한 말이랍니다. 프랑스어로는 코레, 독일어로는 코레아, 러시아어로는 까레야라고 불리지요.

고려는 외국인의 자유로운 출입을 허락한 나라였어요. 바다 건너 송나라와의 무역을 활발히 했을 뿐만 아니라 거란, 여진, 일본 등과도 많은 교류를 하는 개방적인 대외 정책을 펼쳤지요.

특히 세 번에 걸친 거란과의 전쟁에서 승리한 1019년 이후부터 고려는 송과 활발히 교류했어요. 사신, 학자, 승려들을 송에 보내

발달한 선진 문화를 배워 왔고, 적극적으로 문화나 각종 제도를 받아들여 발전하려고 애썼어요. 비단과 차, 약재, 자기 등을 수입하고, 인삼과 먹 등을 송에 수출했지요. 군사력이 약했던 송은 고려와 우호적인 관계를 맺어 도움을 얻고자 했어요. 거란과의 전쟁에서 이긴 고려와 교류하는 것만으로도 자신들에게 위협적인 거란족과 여진족을 견제할 수 있었거든요.

이렇듯 개방적인 대외 정책을 펼치던 고려의 수도 개경은 늘 외국인으로 북적거렸어요. 아라비아 상인들도 개경 근처의 벽란도라는 항구를 통해 들어와 무역을 했지요. 이때 이 상인들에 의해 고려라는 이름이 세계에 알려지게 되었어요. 고려인들의 활발한 세계 진출은 원 제국 시기에도 계속되었답니다.

그러나 고려 시대와는 달리 조선 시대에는 활발했던 무역이 끊기게 되면서 국내에서 외국인을 볼 수 없게 되었어요. 조선 말기부터 외국과 다시 교류를 시작했지만, 이미 서양에서는 고려라는 이름으로 널리 알려진 뒤였지요. 우리나라처럼 중국도 진나라 시절 때 서양에 알려져서 진을 발음한 Chin이 현재 국가명인 차이나 China가 된 예랍니다.

만약 우리나라가 고려가 아닌 다른 왕조 때 외국에 널리 알려졌다면 코리아가 아닌 다른 이름이 되었겠지요?

KOREA?

15. 동방견문록

콜럼버스가 신대륙을 발견할 수 있었던 건 마르코 폴로 덕분?

　세계에서 가장 강한 나라였던 원은 여러 나라와 교류가 잦았어요. 마르코 폴로의 아버지 니콜로 폴로와 삼촌 마페오 폴로는 킵차크한국에 머물며 보석을 거래하는 상인이었는데, 우연히 원의 사신을 만나 원으로 가게 되었어요. 유럽에서 상인들이 왔다는 말을 들은 원의 쿠빌라이는 폴로 형제를 불러 서양 여러 나라의 이야기를 들려 달라고 했어요. 그리고 로마 교황에게 가서 여러 학문에 뛰어난 선교사를 보내 달라고 말해 줄 것을 청했지요. 그러나 로마로 출발한 지 얼마 안 되었을 때 폴로 형제는 교황이 세상을 떠났다는 소식을 들었어요. 그들은 일단 고향 베네치아로 돌아갔어요. 이때 마르코 폴로가 자신도 데려가 달라고 졸라서 원에 함께 가게 되었지요.

　마르코 폴로는 총명한 아이였어요. 쿠빌라이는 마르코 폴로를 외국의 이곳저곳에 사신으로 보냈어요. 그러면 여행을 마친 마르코 폴로는 유럽에서 보고 들은 것을 쿠빌라이에게 상세히 이야기해 줬지요. 마르코 폴로를 통해 쿠빌라이는 유럽의 여러 문화와 환경 등을 배울 수 있었어요. 세월이 흘러 마르코 폴로와 폴로 형제는 고향이 그리워졌어요. 때마침 일한국에서 쿠빌라이에게 원의 공주를 아내로 맞이하고 싶다는 뜻을 전해왔고, 사신과 함께 마르코 일행은 일한국에 가게 되었지요. 그러나 일한국에 들렀다가 이탈리아로 가는 도중 쿠빌라이가 세상을 떠났다는 소식을 듣게 된 그들은 중국으로 돌아가려던 마음을 접었어요. 고향으로 돌아간 마르코 폴로는 원에서 체험한 것들을 루스티켈로라는 작가에게 이야기했고, 그것을 받아 적은 책이 바로《동방견문록》이랍니다.

《동방견문록》이 나왔을 때 사람들은 깜짝 놀랐어요. 낯선 나라의 풍경과 문화, 다양한 특산물까지 난생 처음 접하는 것들이었거든요. 책에는 석탄 때기, 예술, 누에치기부터 원의 정치 상황, 도시의 모습, 그 외 아시아 여러 나라의 모습도 자세히 나와 있었어요.

특히 이 여행기를 감명 깊게 읽은 이탈리아의 한 청년은 책의 곳곳에 메모를 하면서 미지의 세계에 대한 꿈을 키웠어요. 금이 넘쳐 난다는 일본과 향료의 나라 인도, 쿠빌라이 칸이 다스리는 원 등 신비한 동양으로 직접 가겠다고 결심한 청년은 1492년에 어느 한 신대륙에 도착했어요. 청년은 죽을 때까지 그곳이 인도라고 믿었지만, 나중에 알고 보니 그 땅은 미국 대륙이었어요. 원하는 대로 되지는 않았지만,《동방견문록》을 통해 꿈을 키웠던 이 청년이 바로 콜럼버스랍니다. 콜럼버스의 기나긴 여정의 시작에《동방견문록》이 있었던 거지요.

16. 몽골은 어떻게 세계 최강대국이 되었나요?

말과 활로 이룬
막강 제국 건설기

적은 수의 유목민이 인류 문명 사상 가장 큰 제국을 이룩한 것은 몹시 놀라운 일이지요. 칭기즈 칸이 몽골 부족을 통일했을 때 100만 명에 가까운 사람들 중 몽골어를 할 줄 아는 사람은 수십만 명 정도밖에 없었다고 해요. 말도 잘 통하지 않는 여러 부족이 모여 어떻게 그런 놀라운 일이 가능했을까요?

여기에 가장 큰 공을 세운 것은 몽골군이었어요. 유목민은 혹독한 야생 속에서 목축과 사냥을 통해 살아남아야 했기 때문에 생존 본능이 뛰어났답니다. 60세 이하의 몽골 족 성인 남성은 전쟁이 나면 모두 군인이 되었는데, 아주 어릴 때부터 말 타기를 배운 덕분에 전쟁이 나면 언제나 빠르게 출전할 수 있는 훌륭한 기병대였답니다. 여기에 활이라는 무기가 더해져 그야말로 무적 부대가 되었지요. 기병들은

하앗!

말을 타고 달리는 중에도 몸을 돌려 활을 쏠 줄 알았어요. 몽골군이 타던 말도 훌륭한 기병대가 되는 데 한몫했어요. 유럽 말에 비해 체구는 작았지만, 등허리가 단단하고 기운이 넘쳐 바위 위로도 잘 뛰어다녔거든요. 또한 이곳저곳 옮겨 다니며 사는 유목민의 특성상 말에서 먹고 자는 것이 익숙했던 것도 전쟁 시에 아주 유용한 점이었어요.

몽골군은 전술도 뛰어났어요. 전투를 할 때는 정복지의 포로를 방패막이로 사용하고, 노련한 정예군이 양쪽에서 적을 포위했어요. 너무 강한 군대를 만나면 도망치는 척하며 전투에 유리한 장소로 유인한 후 갑자기 뒤를 돌아 공격하기도 했지요. 가짜 야영지를 만들어 불을 피워 놓거나, 건초로 만든 허수아비에 병사의 옷을 입혀 놓는 속임수도 곧잘 썼어요.

몽골군은 자신들이 전투는 잘하지만 행정 능력은 없다는 것을 잘 알고 있었어요. 그래서 외국인들을 관직에 앉히고 '다루가치'라는 감시관을 두어 그들을 감독했답니다. 또한 정복지의 백성과 우수한 계층을 모두 흡수하여 질서와 평화를 유지하는 데 힘썼어요. 정복지에 길을 내고 운하를 만들어 상업도 눈부시게 발전시켰지요. 자신의 언어를 강요하지 않았고, 종교의 자유도 허락했어요. 대륙 곳곳을 빈틈없이 정복하고, 자신들의 백성이 된 후에는 나름의 아량을 베풀었답니다.

17. 고려에 퍼진 몽골 풍습, 몽골풍
오늘날에도 남아 있는 몽골의 언어와 풍습

족두리

연지

저고리

두루마기

원은 고려에 공물을 요구하고 정치적으로는 간섭했지만, 종교나 풍속까지 몽골식으로 바꾸도록 강요하지는 않았어요. 다만 고려 왕실에서 변발을 하고 호복을 입게 되면서 자연스럽게 백성들에게까지 퍼지게 되었던 거예요.

이처럼 몽골의 옷과 음식, 언어 등 몽골의 여러 가지 생활 문화를 따랐던 풍습을 '몽골풍'이라고 해요. 오늘날 우리가 익숙하게 사용하는 것들도 알고 보면 몽골풍의 영향을 받은 것들이 많답니다.

원래 고려 사람들은 윗옷과 아래옷을 입고 그 위에 소매가 헐렁한 포를 걸쳤었어요. 그런데 어느 순간부터 윗옷과 아래옷을 이어 붙이고 아래쪽에 주름을 잡은 몽골식 옷이 유행하기 시작했지요. 이 복장은 조선 시대에 이르러 왕실 관료들의 평상복으로 정착하게 된답니다.

여자의 전통 혼례 장식품인 족두리와 신부가 뺨에 찍는 연지, 머리 장식으로 쓰는 도투락댕기, 두루마기와 저고리 등도 몽골의 영향을 받은 것이에요. 남녀의 옷고름에 차는 장도, 여자들이 머리를 땋을 때 넣은 다리도 마찬가지고요. 그 중 연지와 장도는 삼국 시대에도 이와 비슷한 풍습이 있었기 때문에 확실히 몽골풍이라고 단정하기는 조금 어렵지만요.

언어에서 영향을 받은 것들도 많아요. 왕과 왕비에게 붙이는 '마마', 세자와 세자비를 가리키는 '마누라', 임금의 밥상인 '수라', 궁녀를 뜻하는 '무수리' 등은 주로 원나라 공주들이 살던 궁중에서 쓰던 말들이에요. 매와 관련된 '보라매'나 '송골매' 같은 말들과 장사치나 벼슬아치 등과 같은 사람을 가리킬 때 붙는 '치'라는 말도 몽골어에서 비롯되었지요.

어른들이 즐겨 마시는 소주도 몽골을 통해 들어온 술이랍니다. 소주는 메소포타미아의 수메르에서 처음 만들어졌는데, 1258년에 몽골군이 이라크를 공략할 때 양조법을 배워 와서 우리나라에도 알려졌지요. 불교 국가인 고려는 고기를 잘 먹지 않았는데, 몽골인을 통해 고기를 넣은 만두 같은 음식을 접하게 되었어요. 우리가 즐겨 먹는 설렁탕도 이와 비슷한 몽골의 '슐루'라는 음식에서 유래했다고 해요.

제주도에서 말을 많이 키우게 된 것도 원의 영향이었어요. 1273년에 원이 지금의 제주도를 침략한 뒤 목장을 세우면서 몽골마 160마리를 키우기 시작했어요. 지금의 제주마는 그 후 들여온 북방계 우량마와 몽골마가 섞인 중형마로, 우리나라 기후에 적응된 말이랍니다.

한인·남인 위에 몽골인·색목인 있다!

　　원은 여러 국가를 정복해 세운 나라였기 때문에 다양한 민족이 섞여 있었어요. 원의 백성은 크게 몽골인, 색목인, 한인, 남인으로 나뉘었어요. 색목인은 '여러 가지 사람들'이라는 뜻으로 아랍인과 페르시아인 등 서방 사람들을 이르는 말이었어요. 한인은 금나라 사람을, 남인은 남송 사람을 이르는 말이었고요. 한인과 남인은 같은 동방 사람들인데, 왜 금과 남송을 굳이 구분했을까요?

　　칭기즈 칸이 정복을 할 때 중국의 북쪽은 금이, 남쪽은 송이 지배하고 있었어요. 금이 몽골에 일찍 정복된 데에 반해, 남송은 40여 년간을 더 저항하다가 쿠빌라이에게 정복됐어요. 그래서 몽골에 오랫동안 저항한 죄로 그만큼 더 차별을 받게 되었답니다.

　　쿠빌라이는 나라를 세운 뒤 군사, 행정 등과 관련된 중요한 기관의 직책은 모두 몽골인과 색목인에게 맡겼어요. 한인과 남인은 중요한 곳에서 일을 하더라도 짧은 기간 동안에만 일했고, 몽골인과 색목인들의 감시를 받아야 했지요. 그런데 몽골인과 색목인은 쓰는 말이 다르고 한자도 몰라서 중요한 문서에 날짜 하나 제대로 쓰지 못하는 우스운 일이 벌어지기도 했어요. 그럼에도 한인과 남인

44

이 벼슬을 하는 데에는 여러 가지 차별 규정이 발목을 잡았어요.

그렇다면 원은 왜 색목인을 몽골인 다음으로 우대했을까요? 그 이유는 한인과 남인을 포함한 중국인이 몽골인보다 100배나 많았기 때문에 여러 민족들과 손을 잡고 이들을 통치하기 위해서였어요. 원이 정복한 나라의 다양한 문화를 존중한 데에는 그들이 중국 문화에 물들지 않게 하려는 이유도 있었지요. 그래서 색목인들이 중국 문화에 물들면 색목인으로서의 대우를 빼앗는 등 엄하게 다스렸어요.

한편 쿠빌라이는 한인과 남인이 원에 대항할 수 없도록 무기를 갖거나 무술을 배우는 일을 금지하고 말도 빼앗았어요. 자신의 백성이 되었어도 수십 년간 적이었던 민족을 공평하게 대하기는 어려웠나봐요. 원나라가 노골적으로 신분 차별을 할수록 계급 사이의 갈등은 날로 심해졌어요. 그러면서 남인과 한인의 불만은 시간이 흐를수록 점점 쌓여 갔답니다.

19. 공녀가 뭔가요?

산 사람도 공물로 바쳐라!

원은 고려에 엄청난 양의 공물을 요구했어요. 금, 은, 모시, 자기, 인삼, 잣, 약재, 송골매 등을 특산물로 요구했지요. 그것으로도 모자라 산 사람까지 공물로 바치게 했어요. 공녀貢女를 한자로 쓰면 '바칠 공貢'자에 '계집 녀女'자로, 조공으로 바치던 여인을 뜻해요.

1275년, 쿠빌라이는 고려 25대 왕인 충렬왕에게 고려의 처녀를 바치라는 조서를 보냈어요. 고려의 충성을 시험하고 원 황실에 궁녀를 채우기 위해서였지요. 이때 10명을 보낸 것을 시작으로 약 80년간 170여 명의 여자들이 보내졌는데, 실제로는 이것보다 훨씬 많았을 것으로 짐작하고 있어요.

처음에는 나라에서 공녀를 모집했어요. 공녀를 보내는 집에 후한 보상을 약속하는 등 백방으로 권유해 보았지만, 귀한 딸을 공녀로 내놓는 부모가 많았을 리가 없었지요. 역적의 딸이나 부모가 없는 처녀들로 숫자를 채우다가, 나중에는 집집마다 들이닥쳐 처녀들을 잡아갔답니다. 만약 처녀를 숨겼다가 발각당하면 일가친척과 이웃들까지 매질을 당하곤 했어요. 이런 일이 1년에 한 두 번 내지 2년에 한 번 정도 있었으니, 그때마다 온 나라가 발칵 뒤집혔지요.

기황후가 사는 동네에서도 여자아이들이 하나 둘 사라지기 시작했어요. 고려 사회는 지위가 높고 낮음에 관계없이 비교적 법이 평등했기 때문에 귀족이나 관료의 딸들도 쉽게 빠져나갈 수 없었어요. 공녀로 뽑힌 처녀들은 대부분 서민이었지만, 고위 관리나 황제에게 바쳐지는 공녀들은 명문가의 규수들이었지요.

공녀로 뽑힌 처녀들은 슬픔을 못 이겨 우물에 몸을 던지거나 수치심에 목매달아 죽기도 했어요. 하도 울어서 눈이 먼 처녀도 있었다고 해요. 일제강점기에 일본에 끌려간 위안부 할머니들께서 TV에 나와 눈물을 흘리며 일본에 사과를 요구하는 장면을 본 적이 있나요? 공녀 제도도 국력이 약해 벌어진 비극이었답니다. 꽃다운 나이에 부모님, 형제자매와 강제로 헤어져 고국의 땅을 떠나야 했던 이들의 슬픈 마음을 짐작할 수 있나요?

20. 조혼 풍습의 유래
누난 내 여자니까!

에헴! 여보, 나 왔어!

  딸을 공녀로 보내기 싫었던 백성들은 딸을 숨기고, 급기야 딸이 태어나면 이웃에 비밀로 하기도 했어요. 그런데 공녀의 가장 중요한 조건은 결혼을 하지 않은 처녀여야 한다는 것이었어요. 즉, 남편이 있는 여성은 공녀 대상에서 제외된다는 것이었지요. 그래서 딸을 잃기 싫은 백성들 사이에서 성인이 되기 이전의 어린 나이에 일찍 결혼을 시키는 조혼 풍습이 온 나라에 유행처럼 번졌어요. 심지어 갓 태어난 아이를 약혼시키거나 혼인시키는 일까지 벌어졌지요.
  공녀로 보낼 처녀를 구하기가 점점 어려워지자, 조정에서는 열한 살부터 열다섯 살까지의 처녀가 결혼을 하려면 반드시 관청에 신고하도록 하고 혼인 금지령을 내리기도 했어요. 이를 어기고 몰래 결혼을 했다가 들키면 벌을 받았지요. 고려 후기, 임금의 총애를 받는 신하였던 송분이라는 사람은 딸을 몰래 혼인시켰다가 관직을 뺏기고 섬으로 귀양을 가기도 했어요.

사실 조혼 풍습의 역사는 세월을 거슬러 올라가요. 부여와 고구려에서 유행한 민며느리나 데릴사위 제도와 관계가 깊지요. 대를 잇는 일을 중요하게 생각한 어른들이 자손을 일찍 보기 위해 자녀의 결혼 상대를 일찍 데려왔던 거예요. 아이를 낳으려면 여성의 몸이 성숙해야 했기 때문에 신랑보다 신부의 나이가 자연스레 많았고, '꼬마 신랑'이라는 말이 여기에서 유래했답니다.

공녀가 중단된 후에도 이미 익숙해진 조혼 풍습은 쉽게 사라지지 않았어요. 나중에는 나라에서 남녀의 혼인 나이를 법으로 정해 조혼을 금지하기도 했지만 잘 지켜지지 않다가, 20세기에 들어 사회 풍조가 바뀌면서 사라지기 시작했지요.

21. 환관이 뭔가요?
남자이길 포기한 남자

　고려의 남자들에게도 시련이 닥쳤어요. 원에서 공녀와 함께 환관을 요구한 거예요. 환관이란 남자 구실을 할 수 없게 거세된 남자를 말해요. 궁중에서 일해야 하는 환관이 황궁 안의 여자들을 침범하지 못하도록 남자로서의 능력이 없는 사람을 뽑았지요. 처음에는 태어날 때부터 생식기에 문제가 있거나 개에게 물리는 등 사고로 다친 사람들을 뽑아서 보냈어요. 하지만 그런 사람들이 많지 않았기 때문에 나중에는 노비나 천민들을 수술시켜 보냈지요. 1300년에 보냈던 3명의 환관을 시작으로, 약 100여 명의 고려 남자가 원에 넘어가 환관이 되었답니다.

　그중에는 황제의 총애를 받아 높은 관직에 오른 사람들도 있었어요. 그래서 원의 사신으로 뽑혀 고려로 파견되기도 했는데, 이들 중에는 고려에 해를 끼친 자들도 있었지요.

임백안독고사는 노비 출신 환관이었어요. 원 4대 황제인 아유르바르와다인종의 태자 시절에 그를 섬긴 공으로 권력을 누리게 되자, 오만방자해져 충선왕에게 무례한 짓을 했지요. 화가 난 충선왕이 원 태후에게 말해 그를 벌했는데, 이에 앙심을 품고 충선왕을 모함해 티베트로 귀양가게 만들었답니다. 하지만 남을 모함하는 일이 점점 심해져 1323년에 처형당했어요.

고려인 환관 중 가장 유명한 박불화와 고용보는 기황후의 심복이었어요. 이들은 기황후와 관련해서 아주 중요한 인물이에요. 두 사람 모두 원에서 높은 지위를 얻어 고려에 사신으로 파견되기도 했었답니다.

한편 고려 조정에서는 사신으로 뽑혀 고려에 온 환관들을 극진히 대접해야 했어요. 그 가족들도 덩달아 신분이 높아지거나 좋은 대우를 받게 되었지요. 그러자 미천한 신분이었던 사람들이 금의환향한 모습을 보고 환관이 되어 벼락출세를 하려는 사람들도 많아졌어요.

스스로 몸을 해치거나, 출세에 눈이 먼 아버지가 아들을 강제로 거세하는 일도 생겼지요. 그래서 원 궁중의 환관 중 고려인의 숫자는 점점 많아졌답니다.

22. 몽골의 황위 계승법
능력 있는 자, 황위에 도전하라!

　　몽골의 1대 칸은 칭기즈 칸이었지요. 쿠빌라이는 몽골의 5대 칸인 동시에 원의 1대 황제였고요. 쿠빌라이부터 시작해 원의 마지막 황제 토곤 테무르가 즉위하기 전까지의 38년 기간 동안에, 원은 황제가 무려 아홉 명이나 바뀌었어요. 몽골의 특별한 황위 계승 방식 때문이었지요.

　　원래 몽골 족은 족장 회의를 통해 최고 지도자를 뽑아 왔어요. 자질만 있다면 누구라도 후보가 될 수 있었지요. 하지만 칭기즈 칸이라는 시대의 영웅이 나타나자, 후계자는 그의 자손 중에서 선택하고 족장 회의에서는 찬반 결정만 내리기로 했어요. 칭기즈 칸은 생전에 셋째 아들 오고타이를 후계자로 정해 두었어요. 하지만 한쪽에서는 막내아들이 집안의 가계를 잇는 몽골 족의 풍습을 따라 막내 툴루이가 칸이 되어야 한다는 목소리도 있었어요. 첫째 주치의 아들인 바투는 자기 집안이 소외된 것에 불만을 품고 있었고요.

　　1241년에 2대 칸 오고타이가 죽자, 첫째 주치의 아들 바투와 셋째 오고타이의 아들 구유크 사이에 싸움이 일어났고, 구유크는 1246년에 족장 회의를 통해 3대 칸이 돼요. 그러자 주치 가문과

툴루이 가문의 불만이 더욱 커지게 되었어요. 오고타이가 생전에 막내 툴루이 가문에 칸을 물려주기로 했던 약속 때문이었어요. 칸이 된 구유크가 2년 만에 죽자 다시 분쟁이 이어졌고, 1251년에는 툴루이 가문의 뭉케가 4대 칸이 되었어요. 아주 복잡하지요?

원은 고려처럼 맏아들에게 물려준다는 기본 원칙이 없어서 막내여도 황위를 얻을 수 있는 기회가 있었어요. 그렇지만 황제 계승이 이루어질 때마다 몇 년씩 싸움이 일어났고, 그동안 황위가 비어 있으니 나라가 불안정했지요. 이런 일을 겪으며 칭기즈 칸의 아들들이 맡아 다스리던 킵차크한국, 차가타이한국, 오고타이한국은 차례로 떨어져 나가 독립국이 되었답니다.

마지막에 반란을 일으켜 황제가 된 쿠빌라이는 부자나 형제 사이에 황위를 물려주는 것이 가능하다고 정했어요. 대신에 자신처럼 원의 초기 수도였던 상도에서 등극해야 인정한다는 조건을 달았어요. 이때문에 누가 황제가 될지는 앞선 황제들의 세력과 매우 관계가 깊어졌어요. 족벌보다는 능력이 뛰어나 많은 이의 추천을

받는 것도 중요했어요. 그래서 황제가 바뀔 때마다 분쟁이 끊이지 않았지요.

황위를 두 달도 못 지킨 황제도 있었는데, 토곤 테무르는 35년이나 지켰으니 그에겐 무언가 특별함이 있었던 게 아닐까요?

23. 원의 마지막 황제, 토곤 테무르

행운의 여신이 미소 짓다

토곤 테무르는 원의 11대 황제예요. 그가 황제가 되기까지의 과정은 마치 한 편의 드라마 같았어요. 1328년, 6대 황제 예순 테무르진종가 세상을 뜨자 황제 자리를 두고 권력 다툼이 일어났어요. 투그 테무르문종는 사령관 엘 테무르연철목아의 도움으로 7대 황제 라기바흐천순제를 두 달 만에 폐위시키고 8대 황제가 되었어요. 하지만 곧바로 황제 자리를 형인 쿠살라명종에게 양보했지요. 그러나 쿠살라가 9대 황제로 즉위한 다음 해에 의문의 죽음을 당하는 바람에 투그 테무르가 다시 황위에 올랐어요.

그는 쿠살라의 부인 팔불사 황후와 조카들을 궁으로 데려와 보살폈어요. 하지만 황위는 자신의 아들에게 물려주고 싶었어요. 자신의 아들이 황위를 이을 줄 알았던 팔불사 황후가 이를 알고 반발하자, 투그 테무르의 부인 부다시리복답실리 황후는 계략을 꾸며 팔불사 황후를 없애 버렸어요.

이때 쿠살라의 두 아들 중 맏아들 토곤 테무르는 열한 살로, 황위 계승 후보자 중에 나이가 제일 많았어요. 불안해진 투그 테무르는 형의 아들인 토곤 테무르를 고려의 대청도로 유배 보냈어요. 그래서 토곤 테무르는 부모를 잃고 동생과도 헤어져 머나먼 타국 생활을 하게 된 거지요. 하지만 유배 생활을 마치고 돌아온 토곤 테무르는 열네 살이 되던 해에 황실 안의 가장 높은 자리에 앉게 된답니다. 어떻게 된 일이냐고요?

투그 테무르 부부의 맏아들이 태자가 된 지 20일 만에 병으로 죽고, 둘째 엘 테구스연첩고사마저 병에 걸렸기 때문이에요. 둘째가 겨우 건강을 회복하자 이번엔 투그 테무르가 몸져누웠고요. 그는 계속되는 불행에 자신의 행동을 후회했어요. 그래서 숨을 거둘 때, 형인 쿠살라의 아들이 황위를 잇게 하라고 유언했지요.

그래서 토곤 테무르의 동생 린친발영종이 10대 황제가 되었지만, 그도 43일 만에 병으로 죽고 말았어요. 엘 테무르가 투그 테무르의 둘째 아들을 황제로 세우려 했지만, 부다시리 태후는 연이은 불행에 겁에 질려 반대했어요. 하는 수 없이 엘 테무르는 토곤 테무르를 고려에서 불러들였지요. 하지만 그가 황제 자리에 오르는 것이 못마땅해 즉위식을 계속 미루었어요. 그러나 행운의 여신은 이미 토곤 테무르의 편이었어요. 다음 해인 1333년에 엘 테무르가 죽으면서, 마침내 토곤 테무르는 열네 살의 나이로 원의 11대 황제가 되었답니다.

24. 부처님 은혜에 대한 토곤 테무르의 보답

이제는 갈 수 없는 절, 신광사

오옷!

1330년, 열한 살의 토곤 테무르는 고려 땅을 밟게 되었어요. 황위 계승 과정에서 골칫덩어리가 될까 우려한 원의 투그 테무르 부부가 고려로 유배를 보냈기 때문이에요. 토곤 테무르가 지내게 된 곳은 현재 북녘땅인 황해도 옹진반도 남서쪽에서 약 40킬로미터 지점에 있는 대청도였어요.

조선 시대의 지리책인 《신증동국여지승람》과 《택리지》에도 '원나라에서 혜종이 문종의 미움을 받아 귀양을 왔다.'고 기록되어 있지요. 여기서 혜종은 토곤 테무르를, 문종은 투그 테무르를 뜻한답니다.

유배 시절, 토곤 테무르는 나름대로 자유로운 삶을 살았어요. 감시도 덜해서 고려 육지로 자주 유람을 떠나기도 했고요.

어느 날, 토곤 테무르가 서해의 산천을 돌아보다가 해주의 북숭산 기슭에 이르렀을 때였어요. 수풀 사이로 이상한 빛이 뿜어져 나오는 것을 보았어요. 가까이 다가갔더니 수풀 속에 부처님이 있었어요. 토곤 테무르는 만약 부처님의 도움으로 고향에 돌아가게 된다면 절을 지어 은혜에 보답하겠다고 약속했어요.

그로부터 얼마 후, 정말 부처의 도움 덕분이었는지 토곤 테무르는 1년 5개월의 유배 생활을 끝내고 원으로 돌아가게 되었어요. 황제가 된 그는 이곳에서 한 약속을 잊지 않고 이름난 목수와 튼튼한 재목을 보내 큰 절을 짓게 했어요. 이 절이 바로 신광사예요.

《택리지》에 따르면 신광사는 우리나라의 절 중 가장 규모가 크고 화려했다고 해요. 하지만 안타깝게도 1677년에 큰 불이 나서 모두 타 버리고 말았어요. 그 후 다시 지었지만 현재는 남아 있지 않아요. 그렇지만 아직도 대청도에는 토곤 테무르가 살았던 집터의 주춧돌과 섬돌이 남아 있어서 어린 토곤 테무르가 머물던 집을 상상해 볼 수 있답니다.

25. 원 황위를 손에 쥔 남자

장인어른을 두려워한 황제

껄껄껄!

토곤 테무르가 황제가 된 과정을 주의 깊게 읽으면 그 처음과 끝을 장식하는 인물이 있어요. 바로 엘 테무르예요. 투그 테무르를 황제로 만든 사람도, 토곤 테무르가 황위에 오르지 못하도록 막고 있던 사람도 엘 테무르였지요. 왕관을 쓸 사람은 아니었지만, 왕관을 손에 쥐고 있던 사람이 바로 그였어요. 그의 권력이 얼마나 대단했는지 짐작하고도 남음이지요?

엘 테무르는 원래 킵차크한국 황제의 친위군 사령관이었어요. 킵차크한국은 칭기즈 칸이 정복한 후 아들들에게 나누어 준 영토 중 하나였지요. 나중에 원에서 떨어져 나가 독립국이 되었고요. 엘 테무르는 7대 황제 라기바흐를 두 달 만에 폐위시키고, 투그 테무르를 8대 황제로 즉위시켰어요. 이후 쿠살라에게 황위를 양보했다가 다시 황제가 된 투그 테무르는 엘 테무르를 우승상으로 임명했어요.

　엘 테무르는 쿠살라의 아들이 자신의 뒤를 잇게 하라는 투그 테무르의 유언이 마음에 들지 않았어요. 당시 원에는 쿠살라를 없앤 사람이 엘 테무르라는 소문이 돌고 있었기 때문이에요. 물증은 없었지만 대부분의 사람들이 그렇게 생각했지요. 토곤 테무르도 물론 이 소문을 들어 알고 있었고요. 하지만 그에게는 엘 테무르를 원망하는 마음보다는 자신도 혹시 아버지처럼 죽임을 당할지도 모른다는 두려움이 더 컸어요. 유일한 승상이던 엘 테무르는 황제가 죽은 후 정권을 장악하고 있었거든요.

　토곤 테무르가 황위에 오르기 위해 돌아왔을 때도 모두가 황제 즉위식을 미루는 엘 테무르의 눈치만 살피고 있었어요. 만약 엘 테무르가 갑자기 세상을 뜨지 않았다면 토곤 테무르는 황제가 될 수 없었을지도 몰라요.

　그렇게 엘 테무르가 죽고, 토곤 테무르의 앞날에 빛이 비치는 듯 했어요. 그러나 엘 테무르는 둘째 아들 타라하이탑랄해를 투그 테무르의 양아들로 만들어 놓고, 딸인 타나실리를 토곤 테무르의 황후로 들이는 등 이미 황실 곳곳에 자신의 세력을 뿌리내려 두었어요. 첫째 아들인 탕기시당기세 또한 조정에서 큰 권력을 쥐고 있었고요. 엘 테무르는 죽어서도 유령처럼 토곤 테무르의 목을 조였답니다.

26. 기황후, 고려 환관 고용보의 눈에 들다
저 소녀를 황후로 만들자!

기황후는 1333년을 전후한 시기에 원의 궁중에 들어갔어요. 공녀로 뽑혀 원나라로 간 처녀들은 궁녀가 되거나 귀족 집안의 하녀가 되었고, 운이 나쁘면 술집에 팔려 가는 경우도 있었어요. 하지만 명문가의 규수들은 주로 고위 관리나 황제에게 바쳐졌지요. 공녀로 원에 갔다는 전제 하에 기황후는 마지막 경우에 속했으니 그나마 불행 중 다행이었지요.

그녀의 운은 여기에서 그치지 않았어요. 기황후는 당시 원의 황궁에서 일하던 고려인 환관 고용보의 눈에 들게 되었어요. 환관의 몸으로 출세의 한계를 느낀 고용보는 기황후를 앞세워 출세를 하기로 결심했어요. 한눈에 봐도 범상치 않아 보이는 기황후를 후원해 주면 승산이 크다고 판단한 거예요.

때마침 토곤 테무르는 황위를 둘러싼 권력 다툼으로 고려 땅의 대청도에 유배된 경험이 있는 황제였어요. 고용보는 기황후가 고려인이란 점이 어쩌면 황제의 마음을 사로잡는 데 큰 몫을 할지도 모른다고 판단했어요.

고려에서의 1년 5개월간의 유배 생활이 아련하게 떠올라서였을까요? 토곤 테무르는 차 시중을 들던 기황후에게서 친근감을 느꼈고, 총애하기 시작했어요.

　황제는 왜 그렇게 쉽게 기황후에게 마음을 연 걸까요? 단지 기황후가 아름다웠기 때문이었을까요? 아니에요. 앞서 말한 유배 생활의 향수때문이기도 했고, 황후 타나실리와의 애정 없는 정략결혼도 큰 이유가 됐을 거예요. 황실 안에 의지할 사람이 아무도 없던 자신의 신세와 타국으로 떠나온 기황후의 신세가 다를 게 없다고 생각했을지도 모르고요.

　원에 오자마자 황제의 사랑을 얻게 된 기황후의 앞에는 전혀 새로운 인생이 펼쳐지고 있었어요.

그래서
내가 말이지…

27. 고려의 차 문화
오직 한 사람을 위한 의식

기황후는 고용보의 눈에 들어 황제의 차 시중을 들었어요. 황제이니 찻물을 따르는 시녀마저 따로 두었겠지만, 당시에는 그만큼 차 마시는 일을 중요하게 생각했어요.

차 시중은 단순히 잔에 물을 따르는 간단한 일이 아니었어요. 찻잔과 받침을 준비하고, 순서와 예의를 지켜 적당한 온도의 물을 따른 후, 가장 좋은 향이 날 때를 기다려 황제가 마실 수 있게 해 드려야 했답니다.

당나라 시대부터 시작된 차 문화는 동아시아를 시작으로 전 세계로 퍼졌어요. 주로 황실이나 귀족층에서부터 시작되었지요. 고기를 즐겨 먹던 원에서는 평민들도 소박한 차 문화를 만들어 즐겼어요. 고려에서도 왕실과 승려, 문인들이 가장 먼저 차를 마시기 시작했어요. 나라에 중요한 행사가 있을 때나 중국의 사신이 황제의 명이 적힌 문서를 가져오면 예의를 갖춰 차를 올리는 진다의식을 행했어요. 이웃 나라와 외교를 할 때 예물로도 차를 사용했지요. 궁중에서는 차가 중요해지자 이 일을 맡아 하는 다방이라는 기관도 생겼어요.

차 문화는 특히 불교문화와 깊은 연관이 있었어요. 그래서 불교 국가였던 고려는 차가 크게 유행했어요. 사찰에서는 연등회 같은 행사나 높은 스님들의 제사에 차를 따로 올렸어요. 승려들에게 보낼 차를 만드는 다촌이라는 마을이 생겨났고, 왕이 승려들에게 하사품으로 차를 직접 내리기도 했지요.

일상생활에서도 차는 즐겨 마시는 음료로, 누가 차를 가장 잘 우려내는지를 겨루는 명전이라는 풍속도 있었어요. 고려 후기에는 백성들도 차를 사고 마실 수 있는 다점이 생겨났어요. 차를 마시는 그릇인 청자도 함께 발전하게 되었지요. 고려청자 찻잔에 새겨진 정교한 무늬와 오묘한 색은 당시 고려인들이 차 문화를 얼마나 중요하게 생각했는지를 잘 보여 주지요.

하지만 차 문화가 고급 차를 즐기는 사치 문화로 점점 변하고, 차에 대해 높은 세금이 매겨지면서 서민들에게 원망의 대상이 되었어요. 이런 상황이 조선 시대까지 계속되면서 차는 귀족층에서만 즐기는 문화가 되었답니다.

오만함이 하늘을 찌르는 환관

고용보는 고려에서 석탄을 캐내 저장하는 일을 하던 신분이 낮은 사람이었어요. 환관으로 뽑혀 원에 간 정확한 시기는 알 수 없지만, 고려에서 원으로 환관을 자주 보내던 1310년대에 간 것으로 추측하고 있어요.

그는 기황후가 황후 자리에 오르기까지 평생을 도운 사람이에요. 훗날 기황후가 나라의 재산을 관리하는 자정원을 손에 넣은 후에는 1대 자정원사로 임명되기도 했어요. 고려는 그를 삼중대광 완산군으로 책봉하기도 했고요. 고려가 얼마나 기황후와 주변 세력의 눈치를 살폈는지 알 수 있지요.

1343년에는 이런 일도 있었어요. 원에서 방탕한 충혜왕을 폐위시켜야 한다는 의견이 오가자, 같은 해 11월에 도치와 베시게 등 원의 사신들이 고려에 왔어요. 충혜왕이 몸이 안 좋다며 마중 나가지 않으려고 하자, 고용보는 그렇게 행동하면 황제의 의심을 살 것이라고 협박했지요. 이 말을 들은 충혜왕은 어쩔 수 없이 사신을 맞이하러 신하들과 나갔어요. 그런데 어이없는 일이 벌어졌어요. 원의 사신들이 왜 늦게 왔느냐며 충혜왕을 발로 차고 때리기 시작했거든요. 하지만 이런 황당한 상황에서 고용보는 충혜왕을 도와주기는커녕 함께 꾸짖으며 충혜왕의 신하들을 잡아 가두었어요. 원의 토곤 테무르는 충혜왕을 귀양 보내고 여덟 살 된 충혜왕의 맏아들 충목왕을 즉위시켰어요. 충목왕은 곧바로 고용보에게 12자로 된 공신의 칭호를 내렸어요. 너무 어린 왕이었기 때문에 살아남기 위해서는 원의 황제와 가깝고 권력이 높은 사람과 잘 지내야 했지요.

하지만 고용보의 오만함이 하늘을 찌르던 1347년 6월, 관리들의 비리를 조사하는 원나라의 어사대에서 그의 죄를 따져 물었어요. 원 황제는 고용보를 금강산으로 유배를 보냈어요. 하지만 4개월 후 다시 불러들였지요. 유배를 갈 만큼 아주 큰 잘못을 저지른 죄인이었음에도 4개월 만에 돌아올 수 있을 정도로 그의 세력은 막강했었던 거예요. 그러나 원에서의 권세가 예전과 같지 않다고 생각한 고용보는 고려로 넘어왔어요. 이 결정이 자신의 운명에 어떤 영향을 미칠지 이때는 몰랐지요.

거, 잘 좀 하시지…

29. 박불화는 누구인가요?

난 뼛속까지 기황후의 사람이야!

박불화도 고용보처럼 원에서 환관을 지낸 고려 사람이에요. 두 사람은 기황후의 오른팔과 왼팔 노릇을 하며 평생을 함께했지요.

재미있는 점은 박불화는 원의 역사를 기록한 원사에는 실려 있지만 고려사에는 빠져 있다는 거예요. 반대로 고용보는 고려사에는 등장하고 원사에는 없고요. 박불화는 아주 어렸을 때부터 평생을 원에서 지냈지만, 고용보는 도중에 고려로 돌아와 방탕한 짓을 하고 다녔기 때문이에요. 외국인 환관이 원 역사에 남았다는 것은 대단한 일이에요. 그만큼 원 역사에서 중요한 인물이었다는 뜻이지요. 그렇다면 박불화는 원사에 어떤 인물로 남아 있을까요?

박불화와 기황후의 인연은 시간을 좀 더 거슬러 올라가요. 두 사람은 어린 시절에 같은 고향에서 자란 사이였어요. 같은 고향 사람을 머나먼 이국 땅에서 다시 만났으니 얼마나 애틋했겠어요. 박불화는 충성을 다해 기황후를 섬겼고, 기황후도 박불화를 의지하며 각별히 아꼈어요. 기황후는 고용보의 뒤를 이어 박불화에게 황후의 재산을 관리하는 영록대부 자정원사직을 맡겼어요. 나중에는 궁중에 설치한 학문 연구 기관인 집현전 대학사인 숭정원사

66

에 임명되기도 했답니다.

1358년, 원에 큰 흉년이 들자 굶주린 사람들이 도시로 몰려들었어요. 기황후와 박불화는 공을 쌓을 수 있는 좋은 방법을 생각해 냈지요. 기황후는 박불화를 앞세워 여러 가지 일을 추진했어요. 금, 은, 보석과 다양한 물건들을 내놓아 돈이 없어 장례를 치르지 못한 사람들의 장례도 치러 주고, 명복을 비는 행사도 지내 주었지요.

순전히 공을 쌓기 위해서였는지 백성을 생각하는 마음에서였는지는 알 수 없지만, 그들이 좋은 일을 한 것은 사실이에요. 하지만 박불화는 철저히 기황후의 뜻대로 움직이는 사람이었어요. 그녀를 위해서라면 황제도 배신할 수 있는 사람이었답니다.

옛날에 말이야⋯

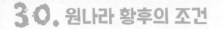

몽골의 왕비족, '옹기라트'의 여인

오호호호...

전 옹기라트 출신 이지요.

원 황실의 혼인 방법에는 일방혼과 쌍방혼 두 가지가 있다고 말했었지요?

먼저 일방혼은 아들은 보내지 않고 딸만 보내는 혼인 방법이에요. 원나라는 고려 외에도 위구르, 옹구트 등 몇몇 몽골 부족과 혼인을 맺었지요. 그러나 '딸을 낳으면 대대로 후비로 삼고, 아들을 낳으면 대대로 공주를 맞아들인다.'는 쌍방혼에는 훨씬 엄격한 기준을 가지고 있었어요. 오직 옹기라트 부족만을 대상으로 했어요.

칭기즈 칸이 몽골을 세웠을 때부터 몽골 황실은 옹기라트와 오이라트, 옹구트, 위구르 등의 특정 부족과 대대로 쌍방혼을 맺어 왔어요. 칭기즈 칸은 몽골 부족 중 키야트 부족에서 태어나 옹기라트 부족의 보르테라는 여성을 아내로 맞이했어요. 옹기라트 부족은 대대로 여성들을 다른 부족에 시집보내 종족의 평화를 유지했어요. 원 황실에서 황후의 출신 부족이 얼마나 중요했는지는 여기에 관련된 역사 기록을 보면 알 수 있지요.

카이산_{무종}의 어머니인 다기도 원의 황후이자 옹기라트 부족 출신이었지요. 1307년 2대 황제 테무르_{성종}가 후계자를 남기지 않고 죽자, 황제 자리를 둘러싸고 몽골 부족끼리의 격렬한 권력 다툼이 시작되었어요. 그중 테무르의 황후 볼루간은 서열이 가장 높은 황후였음에도 옹기라트 부족 출신이 아니어서 매우 불리했어요. 황제 계승 후보였던 카이산의 뛰어난 무공보다 어머니 다기가 옹기라트 부족 출신이라는 점이 권력 다툼에서 아주 크게 작용했거든요.

서로 죽고 죽이는 권력 다툼 끝에 카이산이 3대 황제가 되었어요. 대대로 옹기라트 출신의 황후에게 상속되는 막대한 재산을 물려받은 다기는 궁정의 권력을 장악했지요. 황제의 명령보다 어머니인 다기의 명령이 더 권위를 가질 정도였답니다.

이 기록을 통해 몇 가지 사실을 알 수 있어요. 옹기라트 부족 출신이 아닌 황후도 있었다는 점과 옹기라트 여인들의 텃세가 극심했다는 점, 그리고 결정적인 순간에 출신 가문이 참 중요했다는 점이지요. 황실에서는 특별한 경우가 아니면 이 전통을 깨지 않았기 때문에 옹기라트 부족을 왕비족이라고도 불렀어요. 이 점은 훗날 기황후가 황후가 되는 데에도 매우 큰 걸림돌이 된답니다.

31. 제1황후 타나실리의 불길한 예감

저 아이가
자꾸 거슬려!

날씨가 참 화창하오.

엘 테무르가 죽고 난 뒤, 토곤 테무르는 원의 황제가 되었지만 아직 너무 어렸어요. 게다가 홀로 승상을 지낸 엘 테무르의 권력은 그 빈자리마저 거대했지요. 그가 죽고 난 후에도 그의 아들 탕기쉬와 타라하이는 조정에서 권력을 장악하고 있었거든요. 토곤 테무르는 자신의 의지와는 상관없이 엘 테무르의 딸 타나실리를 황후로 들일 수밖에 없었고요. 어쩌면, 그래서 타나실리에게 더 애정을 느낄 수 없었던 건지도 몰라요.

타나실리는 원의 역사 기록에 남아 있을 정도로 시기와 질투가 심한 성격이었어요. 황제의 사랑이 기황후를 향하자 타나실리의 눈에서는 불꽃이 튀었어요. 기황후를 심하게 매질하는 것으로도 모자라 인두로 살을 지지기까지 했어요. 황제가 있는 자리에서 보란 듯이요. 기황후 외에 다른 많은 후궁도 매질을 당했지요.

제1황후 자리를 차지했는데 타나실리는 왜 그렇게까지 불안해
했던 걸까요? 타나실리는 자신이 옹기라트 부족이 아닌 킵차크
부족 출신이라는 데서 오는 불안감과 열등감이 있었어요. 칭기즈
칸의 황후 보르테부터 시작해서 원의 황후는 대대로 옹기라트 부
족의 출신이었기 때문이에요.

킵차크 부족은 몽골 부족에 정복당한 터키 민족의 유목민이었
어요. 갈색 머리에 푸른 눈을 가진 색목인이었지요. 말을 잘 타고
싸움도 잘해서 많은 전투에서 공을 세워 황제에게 인정받고 세력
을 넓힌 부족이었어요. 하지만 자신이 왕비족인 옹기라트 부족도
아니고, 황제의 사랑도 못 받고 있다는 걸 잘 알고 있던 타나실리
는 황제가 기황후를 총애하자 덜컥 불안해진 거예요.

하지만 타나실리보다 더 무서운 건 기황후였어요. 기황후는 마
음속에 품은 한 가지 목표를 위해 살이 타들어 가는
고통도 이를 악물고 버텨 냈어요. 황제의 사랑을
등에 업고 가장 높은 자리까지 올라가겠다고 다
짐하며 독기를 품었지요. 그러고 보면 타나실
리는 기황후가 평범한 여인이 아니라는 걸 가
장 먼저 알아보고 그렇게 모질게 군 것일 수도
있겠네요.

32. 탕기쉬 형제의 반란과 타나실리의 죽음
최고 권력자 바얀과 힘을 겨루다

엘 테무르에게는 탕기쉬와 타라하이라는 두 아들이 있었어요. 탕기쉬는 타나실리의 오빠고, 타라하이는 남동생이었어요. 아버지 엘 테무르가 원에서 권세를 잡자 두 아들도 지위가 높아졌어요. 탕기쉬는 모든 기관을 감시하는 어사대부 자리에 올랐고, 타라하이도 궁중 안에서 목소리가 커졌지요.

1334년, 엘 테무르가 죽은 후 탕기쉬는 좌승상이 되었어요. 아버지에게 물려받은 권력에 여동생이 타나실리 황후라는 점은 그에게 날개를 달아 주었지요. 타라하이도 휘정원을 담당하면서 권력에 취했어요. 술에 취해 궁중과 민가를 휘젓고 다니며 여자들을 희롱했어요.

타나실리 가족의 힘이 날로 커지자, 토곤 테무르는 형제를 그대로 두면 안 되겠다는 생각에 메르키트 부족 출신인 바얀^{백안}을 우승상 자리에 앉혀 이들을 견제했어요. 바얀은 곧 탕기쉬와 겨룰 수 있을 만큼 힘이 강해졌고, 행실이 바르지 못한 타라하이를 눈엣가시로 여겼어요.

한편 탕기쉬 형제는 자신들의 자리에 만족하지 못하고, 1335년 6월에 자신들을 따르는 무리와 함께 토곤 테무르를 폐위하려는 계획을 세웠어요. 하지만 황제는 이미 눈치를 채고 있었지요. 이 사실을 모른 형제가 군대를 이끌고 궁전을 공격했을 때는 바얀이 모든 준비를 끝낸 후였어요. 탕기쉬는 매복하고 있던 군사들에 의해 그 자리에서 죽고, 타라하이는 겨우 도망쳐 타나실리 황후에게 갔어요. 발을 동동 구르던 황후는 자신의 의자 밑에 남동생을 숨 겼지만, 뒤쫓아 온 바얀에게 들키고 말았지요. 결국 남동생을 살 리려던 타나실리의 노력에도 불구하고 타라하이는 끝내 죽고 말 았어요.

화살은 황후인 타나실리에게 돌아갔어요. 엘 테무르가 자신의 아버지를 죽였다고 믿었던 황제가 사건의 배후자로 타나실리를 지목했기 때문이에요. 타나실리는 모르는 일이라고 펄쩍 뛰었지 만, 타라하이를 숨겨 준 사실 때문에 아무도 믿어 주지 않았어요. 제1황후 타나실리는 하루아침에 황실에서 쫓겨나 사약을 받았어 요. 타나실리가 정말 이 음모를 몰랐다면 오빠와 동생의 욕심 때 문에 억울한 죽음을 맞게 된 것이겠지요.

반란이 실패하면서 타나실리 일족이 모두 죽고, 바얀이 권력을 거머쥐게 되었어요. 이때 바얀 못지않게 기뻐하던 한 사람이 있었어요. 바로 기황 후였어요.

덜덜

33. 옹기라트의 여인이 황후가 되다

고려 여인에게 황후 자리를 줄 수 없어!

반란에 가담한 죄로 타나실리가 쫓겨나면서 황후 자리는 비게 되었어요. 황실에서는 하루빨리 새로운 황후를 맞이하기를 바랐지요. 그런데 이때를 기다려 왔던 토곤 테무르가 기황후를 황후로 맞이하겠다고 선언하자 궁정이 술렁거렸어요. 고려 여인을 원의 황후로 맞이한다는 건 그 누구도 상상하지 못한 일이었거든요.

바얀은 고려 여인을 황후로 삼을 수 없다고 강하게 반대했어요. 그는 몽골 부족의 혈통을 중요하게 생각하는 사람이었거든요. 바얀은 선대 황제들의 뜻을 받들어 옹기라트 부족에서 황후를 뽑아야 한다고 주장했어요. 황후의 출신 때문에 실권자 바얀과 황제가 팽팽히 맞섰어요. 바얀은 애초에 옹기라트 가문에서 황후를 들였다면 이런 불미스러운 일도 없었을 거라며 황제를 설득했어요.

이번 기회에 꼭 기황후를 정식 부인으로 맞이하고 싶었던 황제는 마음이 많이 무거워졌어요. 그동안 타나실리에게 받은 모진 학대를 한 번에 보상해 주고 싶었거든요. 하지만 스스로도 알고 있었어요. 고려 여인을 황후로 맞이하는 것은 불가능에 가까운 일이라는 것을요.

결국 황후 자리는 옹기라트 부족 출신의 바얀 후투그^{백안홀도}에게 돌아갔고, 기황후의 실망은 이루 말할 수 없었지요. 여기에서 잠깐! 어떤 사람들은 바얀 후투그를 바얀의 조카로 착각하기도 해요. 원 역사에 등장하는 바얀이 두 사람이기에 많이 헷갈려 하는 것이지요. 하지만 앞에서 계속 나온 바얀은 메르키트 부족 출신이에요. 그래서 바얀을 부를 때는 메르키트 바얀이라고 구분해 부른답니다.

바얀 후투그는 매우 어진 성격이어서 앞에 나서는 일이 거의 없었어요. 타나실리와는 정반대의 성격이었지요. 기황후는 바얀 후투그의 성품을 알고 불행 중 다행이라 여기며 가슴을 쓸어내렸어요. 하지만 가슴 한 가득 아쉬움과 분노가 차올랐지요. 차려진 밥상에 숟가락만 얹으면 되는 상황에서 바얀이 밥상을 통째로 엎어 버렸으니까요. 기황후는 그가 없어지기 전에는 자신이 황후가 될 수 없다는 사실을 깨닫고 계획을 세우기 시작했답니다.

비나이다, 비나이다, 황태자를 낳게 해 주소서!

황후가 될 기회를 눈앞에서 놓친 기황후는 분했어요. 하지만 포기할 수는 없었어요. 황후가 될 수 있는 확실한 방법이 아직 한 가지 남아 있었거든요. 바로 황제의 뒤를 이을 아들을 낳는 것이었어요. 기황후는 제1황후인 바얀 후투그보다 먼저 아들을 낳기로 결심했어요.

아들을 낳을 수 있는 방법을 수소문하던 기황후는 풍수에 대해 듣게 되었어요. 풍수는 땅과 산, 물의 흐름과 기운을 살펴 운명을 바꾸는 것을 말해요. 북두칠성의 기운이 비치는 세 개의 능선과 일곱 개의 봉우리에 사찰을 세워 불공을 드리면 아들을 낳을 수 있다는 이야기를 들은 기황후는 유명한 풍수가들을 불렀어요. 그중 고려 풍수가들이 제주도의 해변에서 좋은 자리를 찾아냈지요. 기황후는 사람을 보내 탑을 쌓고 기도를 드리게 했어요. 그곳이 바로 제주시 삼양동 원당봉의 불탑사에 있는 원당사 오층석탑이에요. 원당봉과 원당사의 '원'은 원나라를 뜻하는 한자랍니다.

기황후의 간절한 마음이 하늘에 닿았는지, 기황후는 1338년에 그토록 바라던 아들을 낳게 되었어요. 그 후 이곳은 아들을 바라는 고려와 조선 여인들의 발길이 이어지게 되었지요.

보물 제1187호로 지정된 이 오층석탑은 제주도에 있는 유일한 고려 시대 석탑이에요. 맨 아랫단에는 아기가 어머니 뱃속에 잉태되어 있는 모습이 새겨져 있지요. 그런데 불탑사에 있는데 왜 이름이 원당사 오층석탑이냐고요?

원래 이 오층석탑은 원당사라는 절 안에 있었어요. 그런데 원당사가 조선 중기에 불에 타 없어지면서 오층석탑만 남게 된 거지요. 1914년, 불교가 유행하면서 원당사 터에 불탑사라는 절을 새롭게 지었는데, 4·3 사건을 거치면서 다시 폐허가 되었다가 1953년에 지금의 모습을 갖추게 되었어요. 그래서 원당사 오층석탑이 불탑사에 있게 된 거랍니다.

제주 올레길 18코스를 따라 걷다 보면 우리나라에서 유일하게 현무암으로 만들어진 이 오층석탑을 볼 수 있어요. 부모님과 함께 가 보길 추천해요. 혹시 모르잖아요. 여러분에게 귀여운 남동생이 생길지!

원당사 오층석탑

35. 바얀이 조카 톡토에게 당하다
권력 앞에서는 가족도 없다

탕기쉬 형제와 바얀은 원래 깊은 인연으로 얽혀 있었어요. 바얀은 3대 황제 카이산을 섬기던 사람이었지요. 카이산이 황제가 된 후 바얀은 여러 직책을 거쳐 1309년 친위군 사령관을 지냈어요. 탕기쉬 형제의 아버지인 엘 테무르도 소년 시절부터 카이산을 따랐고, 그가 황제에 즉위하자 사령관이 되어 군의 중요한 관직을 맡았어요. 그들은 카이산이 죽은 후에도 계속 관직을 지냈어요.

1328년 7월, 6대 황제 예순 테무르가 죽고 그의 아들 라기바흐가 7대 황제가 되자 엘 테무르가 반대했어요. 이때 바얀이 엘 테무르를 도와 투그 테무르를 8대 황제로 만들지요.

권력을 잡은 엘 테무르는 궁정의 문서를 맡기는 등 바얀을 우대했어요. 그러나 엘 테무르가 죽자, 황제는 그의 아들들을 견제하기 위해 바얀을 우승상 자리에 앉혔어요. 엘 테무르의 은혜를 입었던 바얀이 그의 자식들을 궁중에서 몰아내게 된 거예요.

타나실리 일가가 사라지자

바얀이 권력을 독점했어요. 그러나 그는 민족 차별이 심한 사람이었어요. 장·왕·유·이·조씨 성을 가진 사람을 모두 죽이려고 했을 정도로 중국 문화를 싫어했어요. 한족이 출세할 수 있는 거의 유일한 방법이었던 과거 제도를 없애 한족들의 원성을 샀어요. 그러다가 권력에 욕심을 내기 시작하면서 토곤 테무르의 눈 밖에 나기 시작했지요. 황제는 바얀을 처치하는 일 때문에 머리가 아팠어요. 그런데 이 고민이 예상치 못한 데서 해결됐어요.

바얀에게는 탕기쉬 일파를 물리칠 때 함께 공을 세운 톡토탈탈라는 조카가 있었어요. 톡토는 한족의 문화를 이해하고 한족 문인들과 가까이 지내던 사람이어서 바얀과 자주 부딪혔지요. 참다못한 톡토는 자신이 바얀을 몰아내는 것을 허락해 달라고 토곤 테무르에게 말했어요. 그렇게 허락을 얻어 내 1340년, 톡토에 의해 쫓겨난 바얀은 유배를 가는 길에 병으로 죽었어요.

톡토는 한족의 문화를 존중했으며 역사와 문화에 대한 이해가 깊었어요. 그는 한족 문인에게 송·요·금 세 나라의 역사를 책으로 쓰게 했고, 폐지되었던 과거도 되살렸어요. 하지만 톡토의 세력이 커지자 불안해진 황제는 톡토와 그의 아버지를 유배 보냈어요. 토사구팽이라는 말이 있지요? 토끼를 잡고 나면 사냥개는 쓸모가 없어져 잡아먹는다는 뜻이에요. 바얀도, 톡토도 결국에는 모두 토곤 테무르에게 토사구팽 당하고 말았답니다.

36. 제2황후가 된 기황후
고려의 여인이 원의 황후가 되다

1338년, 기황후는 그토록 바라던 아들 아유르시리다라_{애유식리달}랍를 낳았어요. 황후의 꿈에 한 발짝 가까워졌지요. 그리고 이듬해 바얀이 궁에서 쫓겨나면서 기황후는 드디어 제2황후 자리에 오르게 되었어요. 원 궁정에 들어온 지 7년만이었어요. 황제에게 아들을 안겨준 것과, 옹기라트 가문의 황후를 고집하던 바얀이 쫓겨난 것이 큰 힘이 되었지요. 보통은 황후를 한 사람만 두었지만 여럿이면, 제1황후, 제2황후처럼 순번을 매겼어요. 기황후는 바얀 후투그에 이어 제2황후가 되었어요.

붉은 볼 보조개, 버들처럼 가는 허리,
복이 바로 화근일 줄 어찌 알았으랴,
기황후를 책봉하던 날 유월에 날도 음란해 대설이 날렸다.

이 글은 훗날 명나라의 주유돈이라는 희곡 작가가 《성재신록》이라는 책에 남긴 시예요. 황제의 마음을 사로잡았던 기황후의 아름다운 자태와 그로 인해 원이 멸망하게 되리라는 불길한 예감이 함께 담겨 있지요.

80

기황후는 제2황후 자리에 오르자마자 자신의 아들을 황태자로 만들기 위한 물밑작업에 들어갔어요. 잠시 토곤 테무르가 황제가 되던 무렵의 이야기로 돌아가 볼게요. 투그 테무르의 둘째 아들 엘 테구스가 황태자로 책봉되었다가 병에 걸리는 바람에 토곤 테무르가 유배지에서 돌아와 황위를 이었어요. 이때 토곤 테무르는 투그 테무르의 부인 부다시리 황후에게 한 가지 약속을 했지요. 때가 되면 그녀의 아들에게 황위를 물려준다는 약속이었어요. 즉위할 때 이미 다음 황제를 정해 놓았던 거예요. 이들은 기황후에게는 반드시 처리해야 할 인물들이었지요. 기황후는 부다시리 태후가 황제를 폐위하고 자신의 아들 엘 테구스를 즉위시키려 모의했다는 죄를 씌워 두 사람을 죽였어요.

1353년, 마침내 기황후의 뜻대로 아들 아유르시리다라가 황태자로 책봉되었어요. 이로 인해 기황후의 권력은 제1황후 바얀 후투그를 능가하게 되었고, 그녀는 본격적으로 정치에 나섰어요. 하지만 정치에 나서기 위해서는 돈과 사람이 필요했지요. 기황후에게는 황실을 장악하고 자신의 세력을 확장시킬 수 있는 황금 곳간이 있었어요. 그 곳간의 이름은 '자정원'이었어요.

내 아들을 꼭 즉위 시키겠어!

37. 기황후의 황금 곳간, 자정원

돈 나와라, 뚝딱!
권력 나와라, 뚝딱!

유목민의 특성상 원의 황실 여성들은 남성 못지않은 발언권을 가졌어요. 그렇다고 해도 조정의 치열한 정치판에서까지 남성들과 동등하게 맞서기는 어려웠겠지요. 하지만 이들에게는 비장의 무기인 자정원이 있었어요. 특히 기황후는 이 기관을 잘 이용해 권력을 굳혔답니다.

자정원은 처음에 어떻게 만들어졌을까요? 1282년, 1대 황제 쿠빌라이는 태자였던 친킴을 보좌하기 위해 첨사원이라는 기관을 만들었어요. 친킴이 죽자, 첨사원의 재물들은 그의 부인인 유성 태후에게 돌아갔지요. 1294년에 2대 황제인 테무르가 첨사원을 휘정원으로 바꾼 후, 휘정원은 황태후들의 권력을 뒷받침하는 기관이 되었답니다. 황태후들은 휘정원 관직에 자신을 따르는 사람들을 앉힌 후 조정 깊숙이까지 세력을 넓혔어요. 휘정원이 정치에 직접 개입하는 통로가 된 거지요.

그러던 것을 1322년에 5대 황제 시디발라가 개혁을 하면서 휘정원을 없앴어요. 그 후 1년 동안 황제들이 갑자기 죽는 등 혼란이 이어지면서 휘정원도 다시 설치되고 이름도 바뀌는 등 변화를 겪게 되었지요.

휘정원은 1332년에 부활한 후 1333년에 황태후를 위한 기관으로 거듭났어요. 1340년에는 휘정원의 이름이 자정원으로 바뀌게 되었고요.

기황후는 고용보와 박불화를 차례로 자정원사에 임명한 후 탄탄한 자금과 권력을 바탕으로 세력을 넓혀 나갔어요. 자정원은 원이 망할 때까지 기황후의 권력을 뒷받침해 주는 중요한 기관이었답니다.

38. 충혜왕은 누구인가요?

세 살 버릇 못 고친 비운의 왕

충혜왕은 고려의 28대 왕이에요. 고려 27대 충숙왕의 장남이자, 31대 공민왕의 친형이기도 하지요. 충혜왕은 1328년 2월에 세자 신분으로 원에 가서 지내다가, 충숙왕의 왕좌를 물려받아 1330년에 귀국했어요. 하지만 원에서의 호화로운 생활이 몸에 밴 그는 왕이 되어서도 술과 사냥에 빠져 지내며 나랏일을 돌보지 않아 조정의 대신들과 갈등을 빚었어요. 아버지인 충숙왕과도 사이가 좋지 않았지요.

왕위에 오른 지 2년 만에 원에서는 그를 불러들이고 충숙왕을 다시 왕좌에 올렸어요. 그리고 그로부터 1년 후에 토곤 테무르가 원의 황제로 등극했지요. 충혜왕은 원에 머무는 동안 다시 왕위에 오르기 위해 자신을 지지하는 세력을 넓히는 데 힘썼어요.

한편 충숙왕은 죽음을 앞두고 왕위를 누구에게 물려줄지 고민하다가, 1339년 3월에 충혜왕에게 왕위를 다시 물려주었어요. 심왕 고를 지지하던 바얀이 충혜왕을 반대하는 바람에 고려 왕위가 그해 11월까지 비어 있긴 했지만요.

하지만 이렇듯 중요한 시기에 충혜왕은 외삼촌의 아내를 희롱하고, 아버지의 후비인 경화 공주를 범하는 패륜을 저질렀어요. 그리고 경화 공주가 원에 이 사실을 알릴까 봐 교통수단인 말을 살 수 없도록 말 시장을 닫게 했어요. 하지만 경화 공주는 심왕 고를 따르는 세력의 우두머리 조적에게 자신이 당한 일을 알렸어요. 조적은 이 사건을 빌미로 군사 천 명을 이끌고 왕궁을 습격했지요. 그러나 어린 시절부터 원에서 자라 말타기와 활쏘기에 능숙했던 충혜왕이 직접 군사를 이끌고 반란을 진압했답니다.

이후 충혜왕은 원에 끌려가 감옥에 갇히는 등 여러 위기에 처하기도 해요. 하지만 바얀이 쫓겨나고 등장한 새로운 권력자 톡토에게 신임을 얻어 1340년 5월에 다시 왕이 되었어요.

이렇듯 어렵게 되찾은 왕위였지만, 충혜왕은 1343년 11월에 고려에 온 원의 사신에게 구타 당하고 원으로 끌려갔어요. 그리고 1344년 1월 귀양길에 죽고 말아요. 충혜왕에게 무슨 일이 있었던 걸까요?

39. 한국 상업사에 큰 업적을 남긴 충혜왕
상업은 천한 일이 아니다

충혜왕은 1331년에 왕위에 오르자마자 화폐 개혁을 시도했어요. 백성에게 은병이라는 화폐 대신 소은병을 사용하게 했지요. 은병은 표주박 모양처럼 생긴 은으로 만든 화폐로, 한 개당 포목 100필과 맞먹는 가치였어요. 주로 상류 사회에서만 사용되었는데, 은이 귀해지자 동을 섞

▲ 소은병

어 만든 위조 은병이 생기기 시작했어요. 그러자 충혜왕은 가치가 너무 커 백성들이 쓸 일이 없는 은병 대신, 크기를 줄이고 화폐 가치를 반으로 낮춘 소은병을 사용하게 했어요.

폐위되었다가 원의 지지를 받아 다시 왕위에 오른 충혜왕은 국가의 재정을 늘리는 일에 몰두했어요. 상인들을 원에 보내 금, 은, 포목 등을 팔게 하고, 이득을 많이 남긴 상인에게는 벼슬을 내렸어요. 재물을 늘리기 위해 개경 저잣거리에 상점을 내 장사도 했고요. 왕이 직접 사업을 구상한 매우 특별한 경우였지요. 작은 가게를 운영하던 상인들이 피해를 입었지만, 나라의 재정을 늘리기 위해 어쩔 수 없는 선택이었어요.

또한 충혜왕은 서민과 귀족을 가리지 않고 세금을 많이 내게 했

어요. 하지만 이 정책은 서민층의 반발을 초래했고, 무엇보다 원과 가깝게 지내며 세금을 잘 내지 않던 기황후 집안을 포함한 귀족들의 불만이 컸어요. 기황후는 자신의 도움으로 복위한 충혜왕의 이러한 행동을 몹시 괘씸하게 여겨 마음을 돌려 버려요.

　이로 인해 충혜왕을 지지하는 사람이 사라지자, 기황후의 오빠인 기철을 비롯한 고려 귀족들은 원나라에 충혜왕을 고발했어요. 결국 충혜왕은 원나라로 다시 끌려갔고, 귀양가던 길에 갑자기 죽고 말았지요.

　충혜왕이 비록 행실이 바르고 어진 왕은 아니었지만, 한국 상업사에 있어서는 매우 특별한 인물임에 틀림이 없답니다.

40. 원나라에 퍼진 고려 풍습, 고려양

고려양의 중심에 기황후가 있었다?

고려에서 유행한 몽골풍 못지않게 몽골에서도 고려의 풍습이 유행했어요. 이를 고려양이라고 해요. 역사를 보면 항상 힘이 센 나라의 문화가 유행하는 법이지요. 원 간섭기에 고려는 약자의 위치였는데, 어떻게 된 일일까요?

원나라의 황족과 귀족들은 여종으로 부리기 위해 고려의 공녀를 요구했어요. 군사들도 배우자감으로 고려 처녀를 선호했어요. 또한 원에서 벼슬을 하는 고려인들도 생겨났고요. 거기에 고려에서 바친 수많은 공물과 교류를 통해 맞바꾼 물품들도 점점 늘어나게 되면서 이들을 통해 자연스럽게 고려 문화가 알려진 거예요.

고려는 비록 원의 간섭을 받는 입장이었지만 문화 수준은 매우 높았어요. 원에서 고려에 매우 다양한 종류의 공물을 요구했다는 건 그만큼 고려에 진귀한 것이 많았다는 뜻이거든요.

원은 낙타나 향료, 비단처럼 백성들에게는 별로 필요가 없는 사치품을 고려에 줬어요. 그러면서 고려에는 금, 은, 모시, 화문석, 나전칠기, 호랑이 가죽 같은 구하기 어려운 물건이나 특산품을 요

88

구했어요. 원에서 신분이 높은 사람들은 고려청자로 장식한 집에 화문석을 깔고 앉아 고려 종이에 글을 썼고, 백성 사이에서는 고려의 옷, 신발, 모자, 만두, 떡, 생선국, 닭고기, 잣, 인삼주 등이 유행했어요.

원 말기에 권형이라는 사람이 쓴 책에 따르면 원의 귀족들은 고려 여인을 얻어야만 이름난 가문으로 인정받았으며, 너도나도 고려의 옷을 입고 신발을 신었다고 적혀 있어요.

뭐니뭐니해도 고려양의 일등 공신은 기황후였어요. 특히 황실 사람들의 옷차림이 고려식으로 바뀐 것은 기황후의 영향이 컸지요. 황후가 고려 여인이었으니 당연한 현상이었겠지만요.

41. 흙과 불이 만나 이룬 푸른 보석, 고려청자

중국에서 배워 와 중국을 뛰어넘다

고려청자는 우리에게 친숙하고 자랑스러운 예술품이지요. 그런데 청자가 원래는 중국의 기술이라는 걸 알고 있나요? 여기에는 재미있는 사연이 있답니다. 고대 중국에서 옥은 매우 귀한 돌이었어요. 흙으로 옥을 만들 수는 없을까 궁리하던 중, 흙으로 만든 그릇에 푸른 재가 앉은 것을 보고 청자를 만들게 된 거예요. 하지만 중국에 청자가 널리 사용된 건 그로부터 600여 년이 지난 9세기부터였어요. 스님들이 차를 많이 마시게 되면서 청자로 찻잔을 만들기 시작했지요.

처음에 고려인들은 수입된 청자 잔을 보며 직접 만들어 보려 시도했어요. 하지만 쉽게 만들 수가 없었어요. 그래서 중국인 도공들을 고려로 불러왔고, 10세기 후반에 처음으로 청자를 만들게 되었어요.

그런데 우리가 만든 청자는 두 가지 면에서 중국보다 뛰어났어요.

첫째는 상감 기법이에요. 청자의 겉부분을 산, 나무, 꽃, 학 등의 모양으로 얇게 판 다음, 거기에 백토나 자토 같은 재료를 넣고 굽는 방법이지요. 재료를 넣어 구우면 백토는 흰색으로, 자토는 검은색으로 변한답니다. 중국에서는 수백년 전부터 철이나 동으로 된 그릇에 홈을 파고 금실이나 은실을 넣는 기법을 사용했는데, 고려에서는 이를 도자기에 창의적으로 응용한 거예요.

둘째는 비색이에요. 도자기의 겉이 미끈하고 윤기가 흐르는 것은 유약을 발라서인데, 비색은 이 유약에서 결정이 돼요. 고려청자의 비색은 중국을 앞지를 정도로 뛰어났지요. 가장 좋은 비색이 나오려면 유약에 3퍼센트의 철분이 포함되어야 하는데, 매우 숙련된 도공들만 이 철분을 얻는 방법을 알았어요. 또한 비색은 온도에 따라 달라지기 때문에 가마 안의 온도를 조절해 높은 온도를 내는 일도 매우 중요했답니다.

고려청자는 12세기 중반에 전성기를 맞이했다가 12세기 후반부터 왜구의 습격과 몽골의 침입에 시달리면서 우아하면서도 날렵하던 모양이 점점 변해 갔어요. 결국 14세기에는 고려청자의 시대가 완전히 막을 내렸고, 이후 조선 시대에는 분청사기를 거쳐 백자가 유행하게 되었답니다.

▲ 국보 97호 청자 음각 연꽃 넝쿨 무늬 매병

42. 고려 출신 황후

기황후 이전에도 고려 출신의 황후가 있었다고요?

원에는 기황후 이전에도 고려 출신 황후와 후비가 있었어요. 황후는 최고 군주인 황제의 정식 부인을 뜻하는 말이고, 후비나 편비는 임금의 여러 아내 중 한 사람을 이르는 말이에요.

쿠빌라이의 총애를 받은 궁녀 중에 이씨라는 고려 여인이 있었어요. 이씨는 비파를 매우 잘 타 황제의 총애를 받았다고 하는데, 자세한 기록은 남아 있지 않아요. 화평군 김심의 딸인 달마실리는 황제 아유르바르와다의 편비가 되었다가, 1328년에 황제 예순 테무르에 의해 황후로 책봉되었어요. 기황후가 원에 가기 전의 일이 었지요. 엄밀히 따지면 처음으로 원의 황후가 된 고려 여인은 달마실리였던 거예요. 하지만 안타깝게도 그녀의 향후 행적은 잘 알려져 있지 않답니다.

정치에 개입하고 황태자를 낳아 황위를 이은 것은 기황후가 처음이었어요. 그녀가 황후가 되려고 했을 때 주변 인물들의 결사반대를 생각해 보세요. 그만큼 기황후의 권력이 위협적이었다는 사실을 의미하지요. 달마실리 황후가 조용히 황후가 된 것은 그녀가 경계 대상이 아니었다는 뜻이기도 하답니다.

그밖에 황족이나 대신의 배필이 된 고려 여인으로는 엘 테무르의 후처로 들어간 불안첩칭과 기황후의 아들인 아유르시리다라의 부인이 된 김윤장의 딸, 그리고 실두 태자에게 시집간 만호 임숙의 딸 등이 있어요.

고려 시대 이후로도 몇 명의 우리나라 여성이 중국으로 가서 높은 지위에 올랐어요. 훗날 원을 멸망시키고 명을 세우는 주원장의 후궁이었던 공비 장씨가 실은 영락제의 어머니였다는 설도 있지요. 중국에서는 첩의 자식을 정실의 자식으로 족보에 올리는 일이 흔했거든요. 일반 백성도 아니고 황제에게 외국인의 피가 섞였다는 것은 황실의 정통성을 해칠 수 있는 민감한 문제였기에 더더욱 감추려고 했을 거예요. 하지만 어디까지나 추측일 뿐 정확한 사실은 아니랍니다.

고려에서 온 내 신부, 참 곱다!

43. 공민왕은 누구인가요?

나는 앞으로 변발을 하지 않겠다!

흥, 호복을 벗겠다.

고려 31대 왕 공민왕은 충숙 왕의 둘째 아들이자, 충혜 왕의 동생이에요. 열두 살 때부터 원에서 지내다가 원 위왕의 딸 노국 대장 공주와 혼인했어 요. 그로부터 2년 후인 1351년에 스물두 살의 나이로 고려에 돌아 와 왕이 되었지요. 원 황실에서 어린 충정왕이 나라를 이끌 능력 이 부족하다고 판단해 공민왕을 대신 왕위에 앉힌 거예요. 원 간 섭기에 흔히 있는 일이었지요. 하지만 원은 자신들이 선택한 공민 왕이 호랑이 새끼와 같은 존재인 줄은 까맣게 모르고 있었어요.

고려로 돌아온 공민왕은 즉위하자마자 호복을 벗고 변발을 풀 었어요. 원과의 관계를 바꾸겠다는 의지가 드러나는 행동이었지요. 이를 시작으로 공민왕은 이전과는 다른 정책을 폈어요.

당시 고려는 100년 가까이 원 간섭기가 계속되면서 질서를 잃고 힘 있는 무리가 권력을 마음대로 휘두르는 어지러운 상황이었어요. 정책을 제대로 펴기 위해서 공민왕은 가장 먼저 정방에 손을 댔어요. 정방은 인재에게 걸맞는 벼슬을 내리는 역할을 하는 곳이에요. 그런데 그곳의 관료들이 자신에게 잘 보인 사람에게 함부로 벼슬을 주어서 문제가 되고 있었지요. 공민왕은 나라의 중요한 기관들에서 무슨 일을 하고 있는지 5일에 한 번씩 글로 써서 올리게 했어요. 그동안 나태하게 지내던 사람들의 발등에는 불이 떨어졌지요.

또한 본격적인 반원 정책도 시행했어요. 원에 빌붙어 아첨하던 고려인들이 득세하던 정동행성 이문소와 쌍성총관부를 없애고 원에 빼앗겼던 땅을 되찾아 왔어요. 나라를 다스리는 조직과 권리를 정하는 법인 관제도 바꿨어요. 도대체 공민왕은 무엇을 믿고 이런 일들을 벌인 걸까요?

44. 공녀 제도에 대한 이곡의 상소문

왕이여, 딸 가진 아비들의 눈물을 그치게 하소서!

충렬왕 때 공녀 제도로 나라가 발칵 뒤집히자, 박유라는 사람이 한 가지 방법을 생각해 냈어요. 고려의 모든 남성이 둘 이상의 아내를 두어야 한다고 주장한 거지요. 그러면 여성들이 원에 끌려가는 것도 막을 수 있고, 인구도 늘어나서 나라에 큰 도움이 될 거라고 생각한 거예요. 하지만 소식을 전해 들은 고관대작의 부인들은 자신의 남편이 첩을 둘지도 모른다는 사실에 노발대발해 시위를 벌였어요. 결국 그의 엉뚱한 제안은 없던 일이 되었지요.

여기 또 다른 제안을 한 사람이 있었어요. 고려 시대의 학자인

이곡이라는 사람이었어요. 1333년에 정동행성의 인재를 뽑는 시험에서 1차에는 수석을, 최종에는 2등을 할 정도로 문장에 매우 뛰어났지요. 소설 《죽부인전》을 비롯해 이곡의 작품들은 지금도 많은 학자가 연구하고 있을 정도예요. 그는 빼어난 문장력으로 원의 황제에게 공녀 제도를 없애 달라고 부탁하는 글을 썼어요.

…… 하루 아침에 품안에서 그 딸을 빼앗아 4천 리 밖으로 보내버리니, 한 번 문을 나서면 죽을 때까지 돌아오지 못하는 것을 빤히 아는 그 마음이 어떠하겠습니까? ……

이곡은 공녀로 뽑힌 처녀들이 떠나는 날이면 가족의 옷자락에 매달려 슬퍼하다가 스스로 목을 매기도 하는 처참한 광경을 전하면서 공녀를 그만 데려가라고 간절히 호소했어요.

이러한 상소문에 황제인 토곤 테무르는 매우 감동했어요. 더불어 공민왕이 반원 정책을 펼치면서 공녀 차출은 끝나는 것 같았어요. 하지만 원 이후 명에서도 공녀를 요구하는 바람에 고려에 이어 조선도 공녀를 바쳐야 했어요.

공녀 제도는 조선 세종 때 완화되어 완전히 없어지게 되었어요. 1275년에 10명의 공녀를 처음 보낸 이후 250년 만의 일이었어요. 딸 가진 부모의 절절한 마음을 담은 한 장의 글이 수백 년 동안 이어진 공녀 제도를 없애는 계기를 마련한 거예요. 펜은 칼보다 강하다는 말이 맞았답니다.

45. 여동생의 권세를 등에 업은 오라비의 횡포

내 여동생이 원나라의 황후라니까?

    기황후가 원에서 제2황후가 되어 자신의 세력을 다져 나가고 있을 때, 고려에서는 기철 형제의 횡포가 날로 심해지고 있었어요. 기황후가 낳은 아유르시리다라가 황태자로 지목되면서는 더욱 심해졌고요.

    원에서는 기철에게 높은 벼슬을 내렸어요. 기철뿐만 아니라 기황후의 아버지를 비롯해 온 가족이 벼슬을 받았지요. 기황후의 아버지인 기자오는 이미 이 세상 사람이 아니었음에도 '영안왕'이라는 칭호를 받았다고 해요. 원의 눈치를 보던 고려도 이에 뒤질세라 기황후의 오빠들에게 벼슬을 내렸어요. 그래서 기씨 집안사람이라면 사돈의 팔촌까지 기황후의 권세를 믿고 으스댔어요.

그중에서도 기황후의 둘째 오빠 기철이 가장 기고만장했어요. 기철은 권력을 이용해 다른 사람들의 땅과 재산을 빼앗는 것은 물론, 사치스러운 잔치를 자주 열어 백성들을 분노케 했어요.

그래서 기철에 대한 기록은 《고려사》의 많은 열전 중에서 평판이 나쁘고 나라에 해악을 끼친 사람들에 대한 기록이 담긴 '반역조'에 실려 있답니다. 블랙리스트와도 같은 이 곳에 불명예스러운 일로 길이 남게 된 거지요.

이상한 가족, 권문세족

여긴 내 땅!

지익

권문세족이란 벼슬이 높고 권세가 있는 집안을 이르는 말로, 고려 후기의 대표적인 정치 세력이었어요. 고려는 초기에 문벌 귀족이 권력을 잡고 있다가 후기에 무신의 난이 일어나면서 권력이 이동했지요. 하지만 무신 정권도 1270년에 막을 내리고, 고려는 원의 속국이라는 특수한 상황에 놓이게 되었어요. 이때 형성된 지배 세력을 권문세족이라고 부른답니다.

권문세족은 고려 초기의 문벌 귀족 일부와 무신 정권기에 정권

100

을 잡은 일부 무신, 지방에서 과거 시험을 통해 등장한 새로운 관인과 원에 잘 보여 출세한 친원 세력 등으로 이루어져 있었어요. 전쟁의 승자가 원이었던 점을 생각하면, 권문세족은 결국 원과 가깝게 지내며 권세를 누린 사람들이라고 말할 수 있지요.

이들은 여러 지역에 걸쳐 농장이라는 넓은 토지를 소유했어요. 백성들을 강제 동원해 황무지를 개간하게 해서 자기 땅으로 만들고 백성들의 땅을 빼앗기도 했어요. 개인 농장이 어찌나 넓었던지, 산과 강을 경계로 내 땅과 네 땅이 나뉠 정도였다고 해요.

땅을 빼앗긴 백성들은 권문세족의 농장에 들어가서 노비가 되었어요. 권문세족의 땅이 넓어질수록 다시 그만큼의 일꾼이 필요했기에, 노비도 점점 늘어나는 악순환이 반복되었지요. 더욱 심각한 문제는 노비는 세금을 내지 않고 군대에도 가지 않는다는 점이었어요. 군대에 가지 않으니 나라를 지키는 사람도 점점 줄어들어 문제가 되었지요. 권문세족은 권문세족대로 권력을 이용해 세금을 내지 않았기 때문에 자연히 국가의 수입이 줄어 갔고요. 나라를 위해 일할 사람이 줄어들고 곳간도 점점 비어 가게 되면서 고려의 통치 체제는 점점 무너졌어요.

국왕들은 국고를 채우고 백성을 돌보기 위해 개혁을 추진했지만, 원의 힘을 등에 업은 권문세족을 누르지 못해 모두 실패로 돌아갔어요. 정녕 이들을 막을 사람은 아무도 없었을까요?

47. 권문세족 VS 신진 사대부

권문세족에 대항하는
신진 사대부의 등장

　누구도 막을 수 없을 것 같던 권문세족에 대항하는 세력이 나타났어요. 바로 신진 사대부였어요. '신진'이란 새롭게 나타났단 뜻이고, '사'는 선비나 학자, '대부'는 관료를 뜻하는 말이에요. 신진 사대부는 권문세족에게는 없던 유교적인 지식을 갖춘 똑똑한 관료였어요. 이들은 원에서 들여온 성리학을 공부하고 과거를 통해 관직에 나온 사람들이었지요. 성리학은 인간과 우주에 대해 깊이 생각하고 연구하는 학문이었어요.

　신진 사대부는 무신 정권기에 최우가 설치한 서방을 통해 처음 등장했어요. 서방은 학문에 뛰어난 관료들이 무신의 행정 업무를 돕는 기구였어요. 이들은 무신 정권이 무너진 뒤에도 계속해서 정치판에 나와 세력을 키웠답니다.

　권문세족이 농장과 노비를 소유하고 높은 직책을 지닌 재력가들이었다면, 신진 사대부는 주로 지방의 중소 지주나 하급 관료들이었어요. 이들은 자신의 힘으로 토지를 사들이고 성실하게 일구어 꾸준히 토지를 늘려 갔어요. 권문세족이 자신이 살지 않는 곳에도 땅을 가지고 있어 부재지주라고 불린 반면, 신진 사대부는 자신의 땅이 있는 곳에서 살았기 때문에 재지지주라고 불렸어요.

　이들은 불법적으로 남의 땅을 빼앗고 나라에 세금도 제대로 내지 않는 권문세족의 행동을 비판했어요. 훗날 권문세족에 대항해 토지 제도 개혁을 강력히 주장하기도 하지요.

　신진 사대부는 충선왕이 개혁을 할 때 도우려 했었지만 큰 힘이 되지 못했어요. 그러나 공민왕 대에 이르러서는 이야기가 달라졌어요. 권문세족에 대항할 만큼 세력이 커졌기 때문이에요. 공민왕은 신진 사대부의 도움 속에 권문세족을 억압할 수 있었어요.

　결국 고려 말이 되면서 신진 사대부는 권문세족을 누르고 조선 건국의 주역으로 떠오르게 되지요. 우리가 잘 아는 최영과 이성계의 운명이 여기에서 엇갈리게 되었답니다.

조일신의 난의 목적은 친원 세력을 없애는 것이라고 해요. 그 대상에는 고용보와 함께 기황후의 오빠들도 포함되어 있었고요. 하지만 이 목적이 다가 아니었답니다. 사실 조일신의 난은 겉보기의 명분만 그러했을 뿐, 실제로는 조일신 자신의 이익을 위해 일으킨 난이었어요.

조일신은 공민왕이 세자였을 때부터 공민왕을 보필했던 사람이에요. 공민왕이 왕위에 오르자 일등 공신에 임명되지요. 그러나 지위가 높아진 그는 자신의 이익을 위해 공민왕의 정책에 반대하고 자신보다 지위가 높은 사람을 시기했어요. 당시 친원파인 기황후의 오빠들과도 사이가 나빴어요. 이미 고려 조정을 휘어잡고 있던 기철 무리와 권력을 노리는 새로운 세력인 조일신이 부딪힌 건 당연한 결과였지요.

1352년 9월, 조일신과 그 측근들은 마침내 난을 일으켰어요. 기철, 기륜, 기원, 고용보, 이수산 등 친원파를 없애려고 자객을 보냈는데, 기원만 목숨을 잃고 나머지는 달아났지요. 조일신은 왕이 머무는 궁에 침입해 호위무사들을 죽이고 왕을 협박해 자신은 우정승에, 자기 세력들도 다른 중요한 직책들에 임명하게 했어요.

하지만 그로부터 이틀 후, 조일신은 사건을 주도한 자신은 쏙 빠지고 나머지에게 책임을 돌렸어요. 스스로 앞장서 자신의 세력을 없애고 그 공으로 좌정승이 되었지요. 이런 조일신 곁에 누가 남으려고 하겠어요? 조일신의 세력은 단합하지 못하고 우왕좌왕했어요. 이를 놓치지 않고 공민왕은 신하 이인복 등과 반격을 준비했고, 결국 조일신과 그의 세력은 모두 죽음을 맞게 되지요. 놀라운 것은 이 파란만장했던 조일신의 난이 겨우 6일 동안 벌어졌던 일이란 사실이랍니다.

조일신의 난은 한 사람이 자신의 욕심을 채우기 위해 벌인 일이었지만, 결과적으로는 공민왕이 새로운 정치를 펼칠 수 있는 시작점이 되었어요.

그런데 도망친 기철과 고용보 무리는 어떻게 되었을까요?

49. 고용보의 죽음

기황후, 왼팔을 잃다

놔라, 이놈들!

원에서 권력을 마음대로 휘두르다가 유배를 가게 된 고용보는 기황후와의 친분 덕분에 4개월 만에 유배지에서 돌아올 수 있었어요. 하지만 원에서의 권력이 예전과 같지 않자, 고용보는 고려로 넘어와 기철 무리와 어울려 다니며 원에서처럼 온갖 횡포를 일삼고 아무 죄 없는 사람을 죽이기도 했어요. 그러다가 결국 전법사에 잡혀가게 되었어요. 전법사는 오늘날의 법정처럼 죄를 따지고 형벌을 결정하는 일을 하던 기관이었어요. 원에서 그랬던 것처럼 이곳에서도 고용보의 죄목을 따졌지만, 또다시 대충 조사받고 석방되었어요.

하지만 이렇듯 요리조리 빠져나가던 고용보에게도 마침내 피해 갈 수 없는 일이 일어났어요. 1352년 공민왕이 즉위한 후, 조일신이 친원 세력을 없앤다며 난을 일으킨 거예요. 조일신의 난은 실패했지만 공민왕의 표적이 된 고용보는 머리를 깎고 가야산의 해인사에 숨어들었어요.

과거의 삶을 회개하고 승려로 살아갈 작정이었을까요? 아니면 세상이 잠잠해진 후 다시 나와 활개를 칠 생각이었을까요? 중요한 건 공민왕은 자신의 친형인 충혜왕이 원의 사신들에게 맞을 때 아무 도움도 주지 않고 유배지에서 죽게 만든 고용보를 절대 용서할 생각이 없었다는 거예요. 더군다나 공민왕은 이전 고려왕들과는 달리 원의 눈치를 크게 보지 않았어요. 1362년, 관료들의 비리를 살피는 어사중승 정지상이 마침내 해인사에 숨어 살던 고용보를 찾아냈어요. 이로써 조일신의 난이 일어난 지 10년 만에 고용보는 비참한 최후를 맞이하게 된답니다.

고용보는 왜 고국인 고려를 미워했을까요? 고려에서 낮은 신분으로 억눌려 살았던 시절에 대한 보상 심리였을까요? 고용보가 유배지에서 자신의 잘못을 뉘우치고 권력을 바르게 사용했다면, 고려로 돌아와 기철과 어울려 다니며 횡포를 부리지 않았다면 다른 결말이었을까요? 한때 기황후의 곁에서 최고의 권력을 누리던 고용보의 마지막은 매우 초라했어요.

잘하면 우리가 이길 수도 있겠어!

공민왕의 반원 정책들을 보면 "저렇게 해도 되나?" 싶을 정도로 거침이 없었어요. 얼핏보면 쥐가 궁지에 몰려 고양이를 물려는 듯 무모한 행동처럼 생각될 수도 있겠지만, 공민왕은 어리석은 사람이 아니었어요. 열두 살 때부터 원에서 지내며 원의 상황을 잘 알고 있던 사람이 바로 공민왕이었거든요. 공민왕이 거침없는 반원 정책을 펼 수 있었던 까닭은 무엇이었을까요?

1351년, 공민왕이 고려에 돌아와 왕이 된 해에 원에서는 한족이 농민 반란을 일으켰어요. 머리에 붉은 두건을 둘렀기 때문에 홍건적의 난이라고 불렸지요. 몽골인과 색목인만 우대하는 원의 정책에 한족들의 불만이 폭발한 거예요. 1353년에 홍건적의 한 사람이었던 소금 장수 장사성이 난을 크게 일으키자, 당시 원의 최고 권력자였던 톡토는 공민왕에게 군사를 요청했어요. 공민왕은 최영, 유탁, 염제신 등 최고의 장수 40명과 2천 명의 군사들을 내어 줬어요. 그런데 승리를 거두고 돌아온 장군들이 공민왕에게 원이 전과 같지 않다고 말했어요. 특히 최영은 이틈을 타서 압록강 근처의 우리 영토를 되찾아야 한다며 공민왕을 설득했어요.

1356년 음력 4월, 공민왕의 명령에 따라 유인우가 쌍성총관부를 공격했어요. 그리고 이곳에서 일하던 이성계와 그의 아버지의 적극적인 지원으로 탈환에 성공했지요. 쌍성총관부는 원나라가 고려의 내정 간섭을 위해 우리 땅에 설치한 관청이었어요. 또한 공민왕은 인당과 최영을 보내 압록강변의 땅도 되찾았어요.

말이들 들라.

한편 조일신의 난 때 도망친 기철과 그 무리는 공민왕이 지금까지의 왕들과 전혀 다른 태도를 보이자 불안에 떨었어요. 그래서 원에 모함해 공민왕을 끌어내릴 궁리를 했지요. 하지만 이를 안 공민왕은 연회를 열어 기철과 권겸, 노책 등 친원파 무리를 초대했어요. 그들은 공민왕이 자신들에게 잘 보이려는 줄 알고 거드름을 피우며 참석했어요. 하지만 연회는 그들을 한 번에 없애기 위한 함정이었지요. 공민왕은 이들을 모두 잡아 반역을 꾀했다는 이유로 처단했어요. 이 모든 일에 기황후와 원 황제는 분노했지만 원의 상황이 안 좋았기 때문에 선뜻 군사를 보낼 수 없었답니다.

설득하러 갔다가 설득당하다

줄로 서시오.

덕흥군파

공민왕파

기황후는 자신의 오빠를 죽인 공민왕에게 이를 갈고 있었어요. 원 황제도 공민왕의 반원 정책 때문에 심기가 불편했지만 홍건적을 상대하기에도 벅찬 상황이었지요. 그러던 중 기황후의 아들인 아유르시리다라가 황태자로 정해지면서 기황후의 힘이 갑자기 커졌어요. 기황후는 이때를 놓치지 않고 공민왕의 삼촌이자 충선왕의 아들인 덕흥군을 고려의 새로운 왕으로 세우기로 결심했어요. 이 소문은 공민왕의 귀에도 들어갔어요. 공민왕은 원 황실에 사과하고, 자신이 왕위를 이어 나갈 수 있도록 사절단을 보내기로 결심했어요. 당시 원은 고려가 밉보여서인지 사신을 보내면 돌려보내 주지 않는 일이 잦았어요. 하지만 1364년에 고려의 사절단이 위험을 감수하고 원으로 떠났지요.

　그들이 원의 수도에 도착했을 때, 조정의 분위기는 심상치 않았어요. 황실에 붙잡혀 있던 고려 사신들 대부분은 이미 기황후에게 넘어가 있었어요. 기황후는 사절단에게 덕흥군 편에 설 것인지 공민왕 편에 설 것인지 선택하라고 했어요.

　사신들은 순식간에 덕흥군파와 공민왕파로 나뉘었어요. 공민왕에 대한 충심이 굳건했던 김유, 이자송, 홍순, 황대두는 고려로 돌아왔어요. 이공수는 원에 붙잡혀 있으면서도 설득에 넘어가지 않고 덕흥군 무리의 움직임을 공민왕에 알려 큰 공을 세웠고요. 그 외 원에 남아 있던 강육연, 기숙윤, 김첨수, 문익점, 안복종, 유인우, 황순 등은 덕흥군 쪽으로 기울었어요.

　공민왕을 폐위시키기로 결심한 기황후는 나라가 어려운 상황에서도 1만 명의 군사를 모아 고려에 보냈어요. 그러나 이들은 최영과 이성계 등의 손에 패배를 당했어요. 달랑 열일곱 명의 군사가 돌아온 것을 보고 경악한 원은 서둘러 고려에 사신을 보내 공민왕의 왕위를 인정해 줬어요.

　한편 덕흥군을 지지하던 사신들은 하루아침에 끈 떨어진 연 신세가 되었어요. 이들은 고려가 홍건적의 침입으로 혼란스러운 틈에 슬그머니 고려로 돌아왔어요. 하지만 공민왕에 의해 직책을 빼앗기고 유배를 갔지요. 이들 중 우리에게 이름이 낯익은 어떤 사람에 대해 이야기를 더 해 볼까 해요. 힌트는 목화예요!

52. 숨은 공신, 문익점의 가족들

백성들이 따뜻한
무명옷을 입기까지

　문익점은 공민왕의 사절단으로 뽑혀, 일행이 보고 겪은 일을 기록하고 돌아와 왕에게 보고하는 임무를 맡고 원에 가게 되었어요. 이듬해에 고려로 돌아왔지만 딱히 할 일이 없었던 그는 원에서 가져온 씨앗 열 개를 생각해 냈어요.

　원에서 고려로 돌아오던 길에, 문익점은 목화라는 특이하게 생긴 꽃에 눈길이 가서 그 씨앗을 조금 따 붓두껍에 숨겨 왔었어요. 당시 목화는 원나라 밖으로 가져 나갈 수 없는 귀한 것이었어요. 문익점은 열 개의 씨앗을 장인인 정천익과 반씩 나누어 심었어요. 아홉 개의 씨앗은 말라 죽었지만, 나머지 한 개에서는 싹이 나왔지요. 하얀 꽃이 피고 지더니 단단한 봉오리가 맺혔고, 봉오리가 터지면서 구름처럼 몽글몽글한 알맹이가 튀어나왔어요.

　이후 두 사람은 목화 재배에 성공해 3년 만에 100여 개의 씨앗을 얻었어요. 하지만 목화를 어떻게 사용해야 할지 몰랐어요.

　그러던 어느 날, 우연히 정천익의 집에 원나라 승려 홍원이라는 사람이 머물게 되었어요. 승려는 정천익에게 목화씨를 빼는 방법과 실을 뽑는 방법 등 자신이 아는 것을 모두 가르쳐 주었어요. 문익점의 손자 문래와 문영도 이 일을 도왔지요. 문래는 실을 잣는 기구를, 문영은 옷감 짜는 방법을 개발했어요. 두 사람의 이름을 따서 각각 '문래'와 '문영'이라고 이름 붙였는데, 발음하는 대로 말이 전해져 '물레'와 '무명'이 되었답니다.

목화 재배 방법이 널리 알려지면서 백성들의 옷 재료는 삼베에서 무명으로 바뀌었어요. 전에는 왕족과 귀족만이 솜을 넣어 만든 이불과 옷을 누려 왔는데, 이제는 모두가 누릴 수 있게 된 거지요.

그런데 고려사를 자세히 보면 문익점이 목화씨를 얻어서 주머니 속에 넣어 왔다는 내용이 있어요. 그렇다면 목화씨가 수출 금지 품목이 아니었다는 얘기인 거지요. 그리고 보면 목화의 원산지는 인도인데, 원의 특산물도 아닌 목화를 수출 금지시켰다는 점도 이해가 안 가요. 당시 원에서 목화 수출을 금지했다는 기록도 없고요. 문익점이 붓두껍에 목화씨를 숨겨 왔다는 이야기는 사람들이 그의 공을 높이기 위해 과장한 이야기일지도 몰라요.

최근에는 백제 시대 유물 중 목면 옷감이 발견되면서 문익점이 목화씨를 들여오기 전부터 목화솜으로 옷을 만들었다는 주장도 나왔어요. 하지만 사실이라 해도 문익점 일가의 노력 덕분에 백성들의 의생활이 발전하게 됐다는 것은 반박할 수 없는 사실이에요. 문익점은 이러한 공을 인정받아 살아서보다 죽은 후에 더 높은 벼슬을 받았답니다.

53. 진퇴양난 원나라

안에도 적,
박에도 적!

백련회

뒤리번
뒤리번

한편 원에서는 기황후가 오빠 기철의 복수를 하고 싶어 안달이 나 있었어요. 토곤 테무르 역시 생각지도 못한 공민왕의 반원 정책이 당황스러웠지요. 당장이라도 군사를 보내어 속국으로서의 처지를 깨닫게 해 주고 싶었지만, 그러기엔 원의 내부 상황이 좋지 못했어요. 곳곳에서 한족의 저항 운동이 일어나기 시작했거든요.

원의 지배 아래서 한족의 불만은 점점 커졌어요. 특히 몽골에 끝까지 저항했던 남인은 한인보다도 더 심한 차별을 받았지요. 원은 잠시 없앴던 과거 시험 제도를 되살렸다가 많은 한족이 열심히 시험에 응하자 다시 없애 버려 한족의 반발을 샀어요. 결국 원 말기가 되자 전국 곳곳에서 한족들의 저항 운동이 일어났는데, 그중 역사적으로 주목할 만한 사건이 바로 '홍건적의 난'이랍니다.

당시 원에는 한산동이라는 농부를 중심으로 결성된 백련회라는 비밀 종교 단체가 있었어요. 그들은 미륵불이 어지러운 세상에 내려와 백성들을 구할 것이라고 믿었어요. 원의 차별과 굶주림에서 벗어나고자 하는 간절한 바람에 힘입어 백련회를 믿는 사람은 점점 많아졌지요.

1351년, 황하의 제방이 터지면서 수리를 위해 수많은 농민과 노동자가 동원되었어요. 한산동과 그 무리는 어수선한 틈을 타 난을 일으키려고 했는데, 계획이 밖으로 새는 바람에 한산동이 처형되었어요. 하지만 한산동의 친구 유복통은 간신히 도망쳐 난을 일으킬 기회를 엿보고 있었지요. 이 소식을 들은 사람들이 유복통에게로 모여들기 시작했고, 얼마되지 않아 그 수는 10만 명에 달하게 되었어요. 머리에 붉은 두건을 둘렀다고 해서 홍건적이라 불렸지요. 처음에는 가벼운 농민 반란쯤으로 생각했던 원 정부도 어마어마한 규모에 놀라 부랴부랴 진압에 나섰어요.

토곤 테무르는 승상 톡토에게 명령해 홍건적을 포위 공격하게 했어요. 홍건적의 위기였지요. 하지만 이때 원 황실에서 갑자기 내란이 일어나 톡토가 파직되면서, 군사들이 대장을 잃고 우왕좌왕하는 사이에 다 잡은 홍건적을 놓치고 말았어요.

원의 군사와 홍건적 사이의 밀고 밀리는 접전은 여러 해 동안 계속되었어요. 한때 홍건적이 원의 수도인 대도까지 공격했지만, 전세는 또다시 역전되었어요. 그러자 만주로 밀려난 홍건적은 1359년 겨울, 얼어붙은 압록강을 건너 고려로 쳐들어왔답니다.

54. 홍건적의 난

고려와 원, 공공의 적

휘이잉

1359년 12월, 4만 명의 홍건적이 꽁꽁 언 압록강을 건너와 고려를 침략했어요. 20일 만에 서경까지 함락되었고, 1만여 명의 백성이 희생당했어요. 안우, 이방실, 최영이 지휘하는 고려군이 죽기 살기로 싸운 덕에 이듬해 2월에 적군을 겨우 물리칠 수 있었지요.

원의 힘이 약해지자 홍건적과 왜구가 기승을 부리는 상황이었어요. 원으로부터 벗어나기 위해 노력 중이던 고려는 어쩔 수 없이 원과 손잡아야 했지요. 공민왕은 원의 적이 고려의 적이 되었으니 우리가 관계를 돈독히 해야 한다는 내용의 문서를 보냈어요. 또한 반원 정책을 펴면서 없었던 정동행성을 되살리는 등 원과의 관계를 개선하기 위해 노력했어요.

이듬해인 1361년 10월, 20만 명의 홍건적이 압록강을 또 건너왔어요. 공민왕과 노국 공주는 피난을 떠나야 했어요. 몇몇 신하들은 수도를 지켜야 한다고 주장했지만, 홍건적이 이미 개경 가까이 와 있었고 고려 정부는 막아 낼 힘이 없었지요. 홍건적은 두 달 만에 수도 개경을 빼앗고 수개월 동안 머무르면서 백성들에게 잔악한 짓을 일삼았어요.

한편 공민왕은 임시 수도인 안동에서 개경을 되찾을 방법을 궁리했어요. 기철을 없앤 공로로 일등 공신이 된 정세운에게 지휘권을 맡겨 홍건적 토벌의 임무를 내렸지요.

1362년 1월, 정세운은 안우, 이방실, 김득배, 최영, 이성계 등과 함께 홍건적을 무찌르고 개경을 되찾았어요. 특히 이성계는 선두에서 적장의 목을 베는 큰 공을 세웠어요. 이때 홍건적에게 빼앗은 전리품 중에 원 황제의 옥새도 있었다고 하니, 당시 홍건적의 위세가 얼마나 대단했는가를 보여 주지요. 안타까운 사실은 고려가 홍건적과의 전쟁에서 승리했음에도 이때 입은 피해로 내리막길을 걷게 되었다는 거예요.

슬픈 일은 또 있었어요. 큰 공을 세운 정세운을 시기하던 김용이 음모를 꾸며 정세운을 죽인 거예요. 김용은 왜 갑자기 그런 행동을 했을까요? 이 엄청난 음모의 배후에 기황후가 있었답니다.

55. 흥왕사의 변
기황후의 꾐에 넘어간 김용

큰 공을 세운 정세운에게 모든 관심이 쏠려 있던 때, 안우와 이방실, 김득배는 믿을 수 없는 편지 한 장을 받았어요. 거기에는 정세운을 없애라는 공민왕의 지시가 적혀 있었거든요. 실은 질투심에 눈이 먼 김용이 꾸민 일이었어요. 김용은 정세운을 처리한 후에 그 책임을 물어 안우, 이방실, 김득배를 없앴어요. 뿐만 아니라 부하 50명을 공민왕이 머물고 있는 흥왕사로 보냈어요.

흥왕사는 수도 개경의 남쪽에 있던 절이에요. 당시 개경은 궁궐이 모두 불타 없어지고 황무지나 다름없었기 때문에 흥왕사를 임시 궁궐로 사용하고 있었지요. 이를 안 김용이 공민왕을 시해하기 위해 흥왕사에 부하를 보낸 거예요. 홍건적을 물리친 기쁨이 채 가시기도 전에 왜 이런 일이 일어났을까요?

김용은 기황후와 은밀히 접선을 하고 있었어요. 기황후는 가족들의 복수를 어떻게 할지 궁리하던 끝에, 공민왕을 폐위시키고 덕흥군을 왕으로 세우기로 결심했어요. 공민왕이 세자 시절 때 원에서 함께해 온 김용이 이 일의 적임자라 생각됐어요. 그래서 기황후는 김용을 꾀어내 자기편으로 만들었어요. 김용은 황제의 명령을 내세워 공민왕을 없애기로 했지요.

1963년 3월, 김용의 부하들은 문지기를 죽이고 공민왕의 침소로 갔어요. 공민왕은 어머니인 명덕 태후가 머물고 있던 처소로 몸을 피했어요. 공민왕의 침실에는 환관 안도치가 이불을 덮고 누워 있었고, 반란군은 그를 공민왕으로 착각하고 없앴어요. 그들은 곧 죽은 사람이 공민왕이 아니라는 사실을 알게 되었지만, 공민왕이 숨은 방 앞을 부인인 노국 공주가 가로막고 있어서 어찌할 도리가 없었어요.

그 사이, 소식을 듣고 급히 달려온 최영, 안우경 등의 장군들이 반란군을 진압했어요. 그러자 김용은 자신은 이 일과 아무 상관이 없는 것처럼 행동했어요. 체포된 반란군이 입을 열까 봐 모두 죽이고 도리어 일등 공신 대접을 받았지요. 조일신과 너무나 닮았지요? 하지만 결국에는 죄가 밝혀져 끔찍한 죽음을 맞이하고 말았어요. 한편 공민왕은 자신이 총애하던 자가 이 같은 짓을 저질렀다는 사실에 큰 충격을 받았어요. 그래서 신하들을 더 이상 믿지 못하게 되었지요. 계획은 실패로 돌아갔지만, 기황후의 계획은 이것이 다가 아니었어요.

비키시오!

56. 최유의 난

고려의 왕을 바꾸려 한 기황후

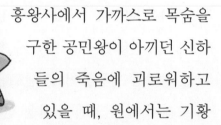

글쎄, 안 된다니깐!

흥왕사에서 가까스로 목숨을 구한 공민왕이 아끼던 신하들의 죽음에 괴로워하고 있을 때, 원에서는 기황후가 공민왕을 왕좌에서 끌어내릴 방법을 계속 궁리하고 있었어요. 김용처럼 자신의 성공을 위해서라면 조국도 등질 수 있는 사람이 또 있었거든요. 바로 최유였어요.

최유는 동지밀직 최안도의 아들로 태어났어요. 군부판서를 지내던 그는 1339년에 충숙왕이 죽은 후 왕좌를 둘러싸고 일어난 조적의 난을 평정하는 데 공을 세워 일등 공신에 임명되었어요. 그 후 권세를 이용해 온갖 불법을 저지르며 재물을 긁어모았지요.

1349년에 충정왕이 즉위하는 데도 공을 세웠어요. 그러나 최유는 자신이 세운 공에 비해 벼슬이 작다고 불평하고, 조정의 대신들과 싸우는 등 행실이 바르지 못했어요. 동생 최원도 왕을 원망하다가 투옥되는 등 말썽을 부렸어요. 그러다가 둘이 함께 원으로 넘어갔지요.

최유는 고려에 복수하고 싶었어요. 토곤 테무르에게 홍건적을 진압할 군사 십만 명을 고려에서 징발해야 한다고 청했다가, 원에 살던 고려 사람들의 반대로 없던 일이 되었어요. 그러자 이번에는 고려에 와서 군사를 내놓으라고 독촉했어요. 공민왕은 정3품인 삼사사 벼슬을 내려 그를 달랬어요.

하지만 최유는 기황후가 공민왕을 벼르고 있는 것을 눈치채고는 기황후 편에 섰어요. 기황후 무리는 덕흥군을 고려왕으로, 기황후의 친척인 기삼보노를 왕의 맏아들로, 김용을 나라의 재정을 관리하는 으뜸 벼슬인 판삼사사로, 최유를 좌정승으로 임명하기로 결정했어요. 고려 조정을 통째로 바꾸려는 시도였어요.

1364년 1월, 최유는 덕흥군과 병사 만여 명을 이끌고 압록강을 건너왔어요. 평안북도 지역의 의주를 함락시키고 선주로 진격했지만 명장 이성계와 최영의 활약으로 고려군에 패했어요. 원나라 군사 만 명 중에 겨우 열일곱 명만이 살아남아 원으로 돌아갔으니 고려군의 대승리였지요. 그러나 참담한 패배에도 불구하고 포기할 줄 몰랐던 최유는 또다시 고려를 정벌하게 해 달라고 원 황제에게 청했어요. 하지만 원은 더 이상 군대를 동원할 힘이 없었어요. 그래서 최유의 청을 거절하고, 도리어 그를 붙잡아 고려에 넘겨주었어요. 결국 최유는 고려에서 처형당했답니다.

57. 황제가 한눈을 파는 사이
정치는 재미없어!

토곤 테무르는 원래부터 정치에 별로 관심이 없었고 권력에 대한 욕심도 크지 않았어요. 그에게는 정치보다 재미있다고 생각되는 일들이 매우 많았어요.

손재주가 좋았던 황제는 뚝딱뚝딱 뭔가를 만드는 걸 좋아해서 놀이를 위한 배도 직접 설계해 만들었어요. 그리고 만든 배 안에 머리부터 발끝까지 화려하게 꾸민 선원 120명을 태워 노를 젓게 하고, 황궁 정원에서 뱃놀이를 즐겼지요.

과학 기술에도 재능이 있어서 '궁루'라는 물시계도 만들었고, 건축에도 재능이 있어서 신하들의 집을 직접 설계하고 모형까지 만들어 줬어요. 황궁도 자신이 만든 모형대로 수리하고 온갖 진귀한 재료들로 장식을 했지요. 차라리 그가 황제의 아들로 태어나지 않았다면, 유명한 과학자나 건축가가 되어 행복하게 살았을지도 몰라요.

하지만 토곤 테무르가 자신의 취미에 점점 빠질수록 황궁은 점점 화려하고 사치스러워졌어요. 이곳에서 화려한 파티를 벌이고 노느라 나랏일도 엉망이 되었고요. 또한 황제는 티베트 불교의 일종인 라마교에 빠져 승려들을 대접하느라 많은 돈을 낭비했어요. 자신의 취미와 종교 생활에 백성들의 세금을 흥청망청 쓴 거예요.

황제가 딴 곳에 정신이 팔리자, 모든 것이 서서히 무너지기 시작했어요. 황실 안은 권력 다툼이 끊이지 않았고, 바깥에서는 백성들의 원망이 자자했어요. 홍건적의 난도 이 틈에 일어나기 시작했지요. 기황후 역시 이 기회를 놓치지 않았어요. 정치에 더욱 깊이 파고들면서 기회를 엿봤어요. 토곤 테무르를 끌어내리고 자신의 아들 아유르시리다라를 황제로 만들려는 엄청난 계획을 품고 있었지요. 토곤 테무르가 자신이 사랑했던 부인에게 배신당할 줄은 꿈에도 모른 채 배를 띄우고 노는 사이, 원은 서서히 침몰해 가고 있었답니다.

황위를 놓고 벌어진 부부싸움

1363년, 이 무렵에 기황후는 막강한 세력을 거느리고 황제에 버금가는 지위를 누리고 있었어요. 하지만 고려를 정벌하는 데 실패한 후 자신의 위치와 앞날 때문에 마음이 불편했어요. 황태자를 낳은 덕분에 어렵게 황후는 되었지만, 제1황후는 엄연히 옹기라트 부족의 바얀 후투그였거든요. 기황후는 자신의 위치에 만족하지 못했어요. 그래서 그녀는 자신의 아들인 아유르시리다라를 황제로 만들기로 마음먹었어요.

황태자로 지목되면 황제가 죽은 후 자연스럽게 황위를 잇게 되어 있어요. 그러나 지금까지의 역사에서 확인했듯이 권력을 둘러싼 일은 한 치 앞을 알 수 없지요. 기황후는 남편인 토곤 테무르에게서 일찌감치 황제 자리를 빼앗기로 결심했어요. 왕이 살아 있는데 다른 사람에게 왕위를 물려주는 것을 '양위'라고 해요. 기황후는 황제 양위 사건을 계획했어요.

박불화가 조용하고 민첩하게 움직였어요. 좌승상 타이핑에게 계획을 알리고 황태자를 도와달라고 했지요. 하지만 황제 편이었던 타이핑이 이 일을 끝까지 반대하고 나서자 그를 없애 버렸어요.

토곤 테무르의 반항도 만만치 않았어요. 국정에 큰 관심이 없었던 토곤 테무르였지만, 최고 권력을 쉽게 내어 주고 싶지는 않았나 봐요. 황실 안은 순식간에 황제파와 기황후파로 나뉘었어요.

1364년, 황제파였던 권신 볼로드 테무르패라첩목아가 궁정을 점령하고 기황후를 인질로 잡았어요. 이 과정에서 평소 자신과 사이가 좋지 않았던 박불화를 없애 버렸어요. 황태자는 겨우 빠져 나와 자신을 지지하는 코케 테무르확곽첩목아에게 도망갔고요. 이듬해인 1365년, 코케 테무르는 궁정이 있는 대도를 공격해 볼로드 테무르를 죽였지요.

밖에서는 반란군들이 난을 일으키고 황실 안은 권력 다툼으로 어지러운 상황이 계속되자, 황제가 타협안을 내놓았어요. 황태자 아유르시리다라에게 행정과 군사를 통솔할 수 있는 지휘권을 주는 것으로요. 황제와 어깨를 겨룰 만한 최고 직책이었지요. 하지만 토곤 테무르는 이 일을 계기로 기황후에게 마음이 멀어지고 정치도 더 싫어하게 되었답니다.

기황후, 오른팔을 잃다

기황후는 황태자를 황제로 만드는 데는 실패했지만 군사와 행정을 쥐락펴락할 수 있는 큰 권력을 얻었어요. 하지만 그만큼 큰 것을 잃었어요. 오른팔과도 같았던 박불화를 잃게 되었거든요. 고용보가 죽은 후 박불화를 더욱 의지하던 기황후에게는 날벼락 같은 일이 아닐 수 없었어요.

박불화를 없앤 볼로드 테무르는 원의 장수로, 박불화와는 평소에도 사이가 좋지 않던 참이었어요.

원의 입장에서는 부끄러운 참패였던 최유의 난을 두고, 박불화가 이 일에 책임이 크다고 생각했던 볼로드 테무르는 그를 조사하

126

고 걸맞은 처벌을 내리길 요청했어요. 그러자 박불화는 도리어 황제에게 볼로드 테무르가 반역을 꾸미고 있다고 고했어요. 박불화의 말만 듣고 황제가 지위를 빼앗자, 화가 난 볼로드 테무르는 자신의 병사들을 앞세우고 강하게 항의했어요. 반역에 대한 마땅한 증거가 없던 황제는 볼로드 테무르의 직위를 돌려주면서, 자신에게 거짓말을 한 죄로 박불화를 유배시키겠다고 했어요. 하지만 박불화는 아무 벌도 받지 않았어요. 기황후만큼이나 토곤 테무르도 그를 신뢰하고 아꼈거든요.

이후의 이야기는 두 가지로 전해지고 있어요. 볼로드 테무르가 군대를 이끌고 황제에게 가서 박불화를 내놓으라고 엄포를 놓자, 황제가 눈물을 머금고 박불화를 넘겨주어 볼로드 테무르가 그를 죽였다고 해요. 또 다른 이야기에 의하면, 토곤 테무르가 박불화를 포함해 황태자파 몇 명을 감옥에 가뒀는데, 황태자가 대도를 떠난 틈을 타 볼로드 테무르가 박불화를 없앴다고도 해요.

그러나 볼로드 테무르도 황태자파인 코케 테무르의 반격에 곧 목숨을 잃고 말았어요. 사이가 좋지 않았던 둘은 비슷한 시기에 세상을 뜨게 되었지요.

박불화가 죽은 이듬해에 기황후는 드디어 제1황후 자리에 오르게 된답니다. 평생을 기다린 그 모습을 못 보고 세상을 뜨다니, 박불화에게는 참 안타까운 일이었지요.

60. 명나라의 시작

주원장, 원 황제를 몰아내고 명나라를 세우다

원에서 처음 반란군이 일어났을 때, 그저 사소한 농민 봉기로 여긴 게 실수였어요. 조정에서 권력 다툼에 정신이 팔린 사이에 반란군은 서서히 힘을 키워 나갔거든요. 원 조정에서 나섰을 때는 이미 늦은 후였지요.

주원장이라는 사람이 있었어요. 어린 시절, 부모를 잃고 떠돌이 탁발승이 되었지요. 차별 대우와 굶주림에 견디다 못한 한인과 남인이 1351년에 홍건적의 난을 일으켰을 때, 젊은 주원장은 홍건적 곽자흥의 아래로 들어갔어요. 그는 몇 년 만에 2인자로 올라섰고, 곽자흥이 죽자 대장이 되었어요. 세력을 키운 주원장은 1356년에 남경을 점령한 후 응창부라고 개명하고, 스스로를 오왕이라고 칭했어요. 주원장은 당시 홍건적 중에서 가장 강력한 3대 세력의 하나로 발돋움했어요.

당시 홍건적의 3대 세력 중 장사성은 자금이 풍부했고 진우량은 병력이 강했어요. 주원장은 자신만 내세울 점이 없다는 걸 잘 알고 있었어요. 당시 한족 중 난을 일으킨 중심 세력이었던 남인들도 강남의 우두머리가 장사성이나 진우량이 될 거라고 생각했어요.

그런데 한 가지 변수가 생겼어요. 원에서 온갖 차별을 견디며 학문에 정진해 온 선비들이 주원장을 찾아온 거예요. 장사성이나 진우량은 당장 전투를 치를 수 있는 장수만을 중요하게 생각했지만, 주원장은 선비들의 조언에 귀 기울였기 때문이지요.

선비들은 당장은 원 조정과 맞서지 말고 강남 지역을 먼저 정복하는 게 좋겠다고 말했어요. 이 조언이 주원장을 최후의 승자로 이끌었지요. 홍건적이 북으로 진군하면서 원 정규군과 싸울 때, 주원장은 성을 높이 쌓고 식량을 비축하며 힘을 모았어요. 그런 후에 정규군과 싸우느라 지친 진우량과 장사성의 군대를 차례로 물리쳐 강남 지역을 평정했지요. 1368년 정월, 한족이 중심이 되어 세운 명나라의 역사가 마침내 시작되었어요.

주원장은 황제에 오른 지 반년 만에 장군 서달과 상우춘을 앞세워 북벌에 나섰어요. 주원장의 군대가 자신이 머물고 있는 대도에 가까워지자, 원 황제 토곤 테무르는 부리나케 몽골 땅으로 도망쳤어요. 황태자 아유르시리다라는 아버지보다도 한 발 먼저 달아났고요. 몽골 족이 100여 년간의 중국 지배를 끝내고, 고향인 몽골 초원으로 돌아가게 되는 순간이었답니다.

강남으로 먼저 가시지요.

61. 흔들리는 고려
공민왕의 방황과 갑작스러운 죽음

노국 공주…
나 혼자 어찌 살란 말이오.

원이 몰락하면서 고려도 흔들리게 되었어요. 홍건적의 침입과 왜구들의 습격에 이어 김용의 난, 최유의 난 등 숨 돌릴 틈 없는 분란을 겪고 공민왕은 매우 지쳐 있었어요. 여기에 또 다시 예기치 못한 시련이 닥쳤어요.

1365년, 노국 공주가 아이를 낳다가 그만 목숨을 잃고 말았어요. 공민왕과 노국 공주는 정략결혼으로 부부가 되었지만 진심으로 서로를 아끼며 금슬이 좋기로 유명했지요. 슬픔에 빠진 공민왕이 노국 공주의 장례를 너무 호화스럽게 지내 국고가 바닥날 지경이었어요.

큰 충격에 빠져 있었지만 공민왕은 개혁을 멈추지 않았어요. 공민왕은 당시 살아 있는 부처로 소문나 있던 신돈을 자신의 개혁 파트너로 선택했어요. 그러나 나랏일은 곧 신돈에게 맡겨 두고, 온종일 노국 공주의 초상화만 바라보면서 지냈어요. 신돈은 1366년

5월에 전민변정도감이라는 관청을 만들었어요. 전민변정도감은 억울하게 빼앗긴 땅을 원래 주인에게 돌려주고, 노비가 된 백성을 해방시켜 주는 역할을 했지요. 백성들은 이런 개혁을 환영했지만 입장이 불리해진 권문세족들은 불만이 많았어요. 이들은 신돈이 역모를 꿈꾼다고 공민왕에게 이간질했어요. 결국 신돈은 1371년 7월에 처형당했고, 이로써 공민왕의 개혁 정치는 막을 내렸지요.

노국 공주와 신돈이 죽고 공민왕은 방황의 날들을 보냈어요. 후 궁들에게 관심을 주지 않고, 젊고 잘생긴 청년들을 선발해 '자제 위'라고 부르며 자신을 보필하게 했어요. 또한 하나뿐인 아들이 혈통을 인정받지 못하자 대를 잇기 위해 자제위를 시켜 자신의 후 궁들과 관계를 맺게 했지요. 그러던 중 익비 한씨와 홍윤 사이에 아이가 생겼고, 이를 환관 최만생이 공민왕에게 알렸어요. 공민왕 은 비밀을 지키기 위해 이 사실을 아는 자를 모두 죽이겠다고 말 했어요. 그러자 겁이 난 최만생이 홍윤 등과 짜고 1374년 9월 21 일에 공민왕을 시해했어요. 결국 23년 동안 고려의 왕이었던 공민 왕은 45세의 나이로 세상을 떠났어요.

원에 맞서 개혁 정치를 펴는 등 모든 백성의 기대를 한 몸에 받 던 공민왕은 말 한마디 때문에 허무하게 죽었어요. 그리고 왕실의 핏줄로 인정받지 못하던 공민왕의 아들 우왕이 아홉 살의 나이로 왕좌에 오르게 되었답니다.

62. 최무선의 화포 개발
세계 최초로 바다에서 대포를 쏘다

고려 말은 기황후의 보복과 홍건적, 왜구의 침입 등으로 그야말로 혼란의 시기였어요. 이중 왜구의 침입은 1223년에 시작되어 공민왕 시절에 극에 달했지요. 하지만 이러한 위기에서 고려를 구한 사람이 있었어요. 무신이자 과학자였던 최무선이었어요.

최무선의 아버지는 관리들에게 줄 녹봉과 전국으로 운반되는 곡식을 책임지는 광흥창사였어요. 당시 왜구는 서해안 여러 항구의 쌀과 곡식을 노리고 있었어요. 이런 모습을 보고 자란 최무선은 화약을 무기로 개발하고 싶었어요. 하지만 중국에서 화약 만드는 법을 철저히 비밀로 하는 바람에 고려에는 화약에 대해 아는 사람이 없었어요.

최무선은 화약 재료인 염초 굽는 법을 아는 원나라 출신의 이원이란 사람과 친하게 지냈어요. 그리고 그에게 염초 굽는 법을 넌지시 묻고, 스스로 만들어 보며 화약을 개발했어요. 화약을 만드는

데 성공한 최무선은 고려 조정에 화약 무기를 담당하는 기구를 만들어 달라고 요청했어요. 관료들은 그가 거짓말을 한다고 생각했지만, 간곡한 그의 요청에 감동한 우왕은 1377년에 화통도감을 설치해 주었어요. 얼마 지나지 않아 최무선은 20여 종류의 화기를 개발했고, 화기 전문 부대인 화통방사군이 전투에 나서기 시작했지요.

1380년, 왜구가 500여 척의 배를 이끌고 쌀을 약탈하러 침입했을 때, 최무선이 직접 지휘한 고려군은 100여 척의 무장선으로 왜구를 물리쳤어요. 우리가 만든 화포를 처음 사용한 진포대첩은 세계 최초로 함선에서 화포를 사용한 해전이기도 하답니다. 같은 해에 연이어 이성계가 황산대첩에서 승리를 거두게 되면서, 전세가 유리해졌어요. 최무선의 화포와 훌륭한 장군들이 힘쓴 덕분에 여러 위기로부터 나라를 지켜낼 수 있게 되었지요.

1395년, 최무선은 세상을 뜨면서 자신의 아들 최해산에게 화약 만드는 비법이 적힌 책을 남겼어요. 최해산은 아버지가 발명한 화약과 무기 만드는 법을 익혀 조선에 전수했고, 이것을 토대로 새롭게 만들어진 화포들은 후에 임진왜란과 명량대첩 등 주요 전투에서 큰 활약을 했어요. 문익점 부자가 의복 생활에 혁명을 일으킨 것처럼, 최무선 부자는 우리나라의 무기를 발전시키는 데 빛나는 공을 세웠답니다.

▲보물 885호 현자총통
최무선이 개발한 화포를 토대로 만든
조선 시대 화포예요~!

63. 직지심체요절

세계 최초의 금속 활자로 만든 책

1234년, 고려는 세계 최초로 《상정고금예문》이라는 책을 금속 활자로 찍었어요. 하지만 기록에만 남아 있고 전해지지 않아서 《직지심체요절》이 세계 최초의 금속 활자로 인쇄한 책으로 인정받고 있지요. 원래 이름은 《백운화상초록불조직지심체요절》이고, 줄여서 《직지심경》이라고도 해요.

1372년, 백운화상이라는 노스님이 여러 경전들 중에서 좋은 구절만 추려 책으로 만들었어요. 이것을 1377년에 스님이 돌아가신 후 제자들이 청주 흥덕사에서 금속 활자로 인쇄했지요. 목판은 온도와 습기에 영향을 많이 받기 때문에 보관을 잘못하면 틀이 갈라지는 단점이 있었어요. 그래서 이를 보완하기 위해 금속을 이용한 활자를 만들게 된 거예요.

하지만 안타깝게도 《직지심체요절》은 현재 프랑스 파리 국립 도서관에 보관되어 있답니다. 1886년에 우리나라에서 근무하던 콜랭 드 플랑시라는 외교

아니, 조선에 이런 보물이 있었다니!

관이 오래된 책과 각종 문화재를 수집해 프랑스로 돌아갔는데, 이 중에 《직지심체요절》이 포함되어 있었거든요. 그 후 골동품 수집가 앙리 베베르라는 사람에게 넘어가 그가 죽은 후 프랑스 파리 국립 도서관에서 보관하게 되었지요.

《직지심체요절》은 1972년에 유네스코가 지정한 세계 도서 박람회를 통해 세상에 공개되었어요. 책이 인쇄된 시기가 밝혀지자 세계가 깜짝 놀랐지요. 그동안에는 1440년경에 독일에서 만들어진 구텐베르크 성서를 세계 최초의 금속 활자 인쇄본으로 알고 있었는데, 《직지심체요절》은 이보다 무려 78년이나 앞선 기록이었거든요. 그래서 그 가치를 인정받아 2001년 유네스코 세계 기록 유산에 등재되었어요.

《직지심체요절》은 상, 하 두 권으로 이루어져 있는데 현재는 하권만 남아 있어요. 그마저 하권의 39장 중 첫 장을 잃어버려서 38장만이 보관되어 있지요. 다행히도 금속 활자본을 만든 이듬해에 목판본으로 만들었던 상, 하권은 현재 서울의 국립 중앙 도서관에 보존되어 있어요.

얼마 전 기쁜 일이 있었어요. 2011년부터 복원하기 시작한 《직지심체요절》이 3년 만에 완성되었거든요. 목판본을 참고로 하여 잃어버린 1장을 포함해 하권 39장의 활자를 모두 복원하였지요. 목판본만 남아 있는 상권도 6장까지 복원되었고요. 7장부터 39장까지는 2015년까지 복원할 계획이라고 하니, 곧 《직지심체요절》 금속판 완성본을 만나 볼 수 있겠지요?

64. 최영은 누구인가요?

"황금 보기를 돌같이 하라!"

나를 따르라!!

최영은 1316년에 문신이었던 최원직의 아들로 태어났어요. 어려서부터 뼈가 굵고 체격이 좋았던 최영은 문신 가문에 태어났지만 무술을 연마해 무신의 길을 걷게 되었어요. 아버지 최원직은 세상을 떠나기 전 최영에게 "황금 보기를 돌같이 하라!"는 유언을 남겼어요. 최영은 아버지의 유언을 가슴에 품고 청렴결백한 무관이 되었지요.

당시 고려에는 왜구가 들끓었어요. 이들을 무찌르면서 소문이 나기 시작한 최영은 공민왕 즉위 첫 해에 일어난 조일신의 난을 진압하면서 크게 이름을 알렸어요. 장사성의 난 때 최영은 원이 기울고 있음을 직감했고, 공민왕에게 이 사실을 알리면서 빼앗긴 영토를 되찾아 오자고 제안했어요. 공민왕은 그의 말을 받아들여

쌍성총관부를 공격하고 압록강 서쪽의 영토를 되찾았어요. 이 과정에서 최영은 이자춘과 그의 아들 이성계를 만났어요. 훗날 이들의 운명을 생각하면 마치 영화의 한 장면 같은 순간이지요.

당시 최영에겐 사방이 적이었어요. 고려에 쳐들어온 홍건적을 물리치고, 최유의 난을 진압하고, 왜구의 침입을 막는 등 숨 돌릴 틈 없이 싸워 출전하는 전투마다 공을 세웠지만, 최영의 지위가 높아지자 시기하는 자들이 생겨났거든요. 신돈의 모함으로 잠시 유배를 가기도 했고요.

공민왕이 죽고 우왕이 즉위했을 때 최영은 고려군의 아버지 같은 존재였어요. 조정에서 중요한 직책을 맡고 있던 최영은 나이 어린 우왕을 곁에서 모시면서 조언을 해 주었어요. 1376년, 왜구가 충청도 일대에서 기승을 부리자 총사령관임에도 불구하고 직접 군사를 이끌고 가 왜구를 물리쳤지요. 머리가 하얗게 세었는데도 맨 앞에서 적을 물리치는 용맹한 모습에 힘입어 고려군의 사기가 하늘을 찔렀어요. 홍산대첩이라고 불리는 이 전투는 이성계의 황산대첩과 함께 이 시대의 중요한 전투 중 하나로 손꼽힌답니다.

최영은 높은 관직을 지내면서도 청렴결백해 백성들의 존경을 한 몸에 받았어요. 정말 평생 황금 보기를 돌같이 했지요. 최영은 당시 이인임이 우왕을 위협할 정도로 권력이 커지자, 이성계와 함께 그를 숙청하기도 했어요. 우왕은 나가는 전투마다 백전백승하고 자신에게 충고를 아끼지 않는 최영의 딸과 결혼했답니다. 그러나 고려 조정의 평화는 오래가지 않았어요.

65. 이성계는 누구인가요?

조선의 1대 왕이 되다

이성계는 공민왕 시절에 혜성처럼 나타난 인물이었어요. 그는 1335년 함경도 영흥의 관리인 이자춘의 둘째 아들로 태어났어요. 전주에 살던 이성계의 고조부가 식구들을 이끌고 쌍성총관부 지역에 가서 살기 시작한 후 대대로 지방관을 지낸 세력가 집안이었지요. 한마디로 이성계와 고려 조정은 전혀 인연이 없었어요. 하지만 최영이 공민왕에게 빼앗긴 영토를 되찾자고 건의하는 바람에 함께 쌍성총관부를 공격하게 되면서 역사에 등장하게 되었지요. 어떻게 보면 최영이 이성계를 세상으로 이끌어 낸 거예요.

이성계는 아버지와 함께 공민왕의 개혁을 도왔어요. 비록 변두리 세력이었지만 그의 집안은 사병을 거느리고 있었고 무시할 수 없는 인맥과 경제력을 갖추고 있었어요. 거기에 이성계는 어려서부터 무예가 뛰어났고 특히 활 솜씨는 따를 자가 없었어요. 곧 많은 부하를 두고 훌륭한 장수로 성장했지요. 당시 고려는 외적의 침입 때문에 전투가 끊이지 않았어요. 이성계가 능력을 인정받을 수 있는 기회가 사방에 널려 있었지요.

이성계는 홍건적의 난을 진압하며 이름을 날리기 시작했어요. 최영도 함께 참가한 전투지요. 이때 이성계는 홍건적의 두목을 활로 쏘아 죽이고 수도 개경에 맨 처음 들어가는 큰 공을 세웠어요. 1364년에도 최영과 함께 최유의 일만 군대를 무찔렀지요.

최영의 홍산대첩과 어깨를 나란히 하는 유명한 전투인 황산대첩의 주인공도 바로 이성계랍니다. 이성계도 최영과 마찬가지로 나섰다 하면 승리뿐이었어요. 그래서 곧 영웅 대접을 받으며 승승장구했고 따르는 사람도 많아졌어요.

하지만 고려 조정에서 누구도 넘볼 수 없는 입지를 확보하고 중요한 벼슬에 오르게 되었음에도, 이성계가 오를 수 있는 벼슬에는 한계가 있었어요. 외적을 물리치는 데 나란히 공을 세운 최영은 조정에서 대대로 권력을 다져 온 권문세족 출신이었어요. 그래서 조정을 장악하고 횡포를 부리던 이인임 세력을 최영과 함께 물리쳤을 때에도 이성계는 최영보다 낮은 벼슬을 받았어요.

기울어 가는 나라에 두 사람의 영웅이 나타났어요. 하지만 한 하늘 아래 두 개의 태양이 떠오를 수는 없는 법! 한 사람은 새로운 나라의 왕이 되고 한 사람은 목숨을 잃게 된답니다.

66. 원의 마지막 모습

역사의 소용돌이에 휘말린 원

한편 원의 황제와 황태자는 주원장에게 쫓겨 내몽고 지역인 응창부로 도망갔어요. 황제 토곤 테무르는 이곳에서 2년 후인 1370년 5월에 병에 걸려 숨을 거두었어요. 명은 그에게 하늘의 뜻을 거스르지 않고 순순히 물러갔다는 뜻의 '순제'라는 시호를 내렸지요. 뒤를 이어 기황후의 아들 아유르시리다라가 즉위했어요. 그런데 이때부터 기황후의 행적은 전해지지 않고 있어요. 사실 기황후는 자신의 오른팔이자 황실 생활의 시작부터 모든 것을 함께해 온 박불화를 잃는 순간 정치 인생이 끝난 것이나 다름없었지요. 하필 박불화가 죽자마자 원이 역사의 소용돌이에 휘말리면서 기황후는 행방불명이 된 거예요. 황제와 함께 응창부로 피난을 간 이듬해인 1369년에 죽었다는 이야기도 있지만 정확히 그녀가 언제, 어떻게 죽었는지는 전해지는 바가 없어요.

아유르시리다라는 몽골의 초기 수도인 카라코룸으로 물러나 자신을 빌레그트 칸이라 칭하며 황제 자리에 올랐어요. 이때부터 역사는 원을 북원이라고 기록했어요. 일반적인 역사에서는 토곤 테무르가 중앙을 내주고 북쪽으로 물러남으로써 원 왕조가 멸망한 것으로 보고 있어요. 하지만 그의 두 아들인 아유르시리다라와 토구스 테무르가 차례로 황위에 오르면서 몽골 고원에서도 정권을 유지했기 때문에 이전의 원과 구별해 북원이라고 불렀지요. 물론 명은 이들을 인정하지 않았지만요.

아유르시리다라가 세상을 뜨고 토구스 테무르가 북원 3대 황제로 즉위했을 때, 북원의 영토는 칭기즈 칸이 몽골을 통일했을 때의 크기로 줄어 있었어요. 토구스 테무르는 명을 공격해 중앙을 되찾으려 했어요. 당시 막강한 군사력을 자랑하던 북원 최고의 장수 나하추를 앞세워 반격에 나서려 했지요. 그러자 명은 북원을 아예 멸망시키기로 결정하고 제일 먼저 나하추를 목표로 삼았어요. 1387년, 명나라군 20만 명의 공격에 나하추가 항복하면서 토구스 테무르의 계획은 허무하게 좌절되고 말았답니다.

명이 본격적인 북벌에 나서자 토구스 테무르는 아무런 방어도 할 수가 없었어요. 북원의 병사와 장수 등 7만 명이 넘는 사람이 포로가 되었고 토구스 테무르도 죽고 말았답니다.

67. 우왕과 창왕
진짜 아버지는 누구?

1374년, 공민왕의 외아들 우왕이 고려의 32대 왕이 되었어요. 그런데 우왕은 왜 공민왕 생전에 아들로 인정받지 못했을까요?

우왕은 공민왕이 신돈의 여종인 반야 사이에서 얻은 아들이었어요. 우왕은 일곱 살 때까지 신돈의 집에서 자라다가 1371년에 신돈이 처형당하자 궁중에 들어가 지내게 되었지요. 고려 조정에서는 혈통을 둘러싼 논란을 없애기 위해 그의 어머니가 궁녀 한씨라고 발표했어요. 고작 열 살에 왕이 된 우왕은 할머니인 명덕 태후의 가르침에 따라 학문에 힘쓰고 몸가짐을 올바로 해서 조정의 기대를 모았어요. 그러나 명덕 태후가 죽은 다음부터 사냥과 술을 즐기기 시작해 백성들에게 믿음을 잃었지요.

그러던 중 명이 철령 이북 땅을 되돌려 달라고 하는 사건이 일어났어요. 우왕은 최영 등과 상의해 오히려 명나라 땅인 요동을 정벌하기로 했어요. 하지만 여기에 반대한 이성계가 위화도에서 말을 돌려 반란을 일으켰지요. 권력을 잡은 이성계는 우왕이 왕

족의 혈통이 아니고 신돈의 자식이라고 주장해
폐위시키고 강화에 유배 보냈어요.

1388년, 우왕의 아들 창왕이 아홉 살의
어린 나이에 고려의 33대 왕이 되었어
요. 창왕은 권문세족에 의해 무너진 토
지 제도를 바로잡았어요. 또한 각 지
방의 특산물을 나라에 바치게 한 공
부법 때문에 백성들이 피해를 입던
일을 바로잡았어요.

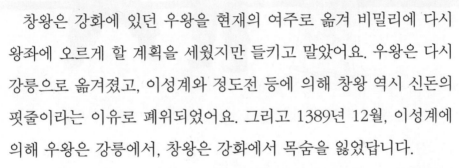

창왕은 강화에 있던 우왕을 현재의 여주로 옮겨 비밀리에 다시
왕좌에 오르게 할 계획을 세웠지만 들키고 말았어요. 우왕은 다시
강릉으로 옮겨졌고, 이성계와 정도전 등에 의해 창왕 역시 신돈의
핏줄이라는 이유로 폐위되었어요. 그리고 1389년 12월, 이성계에
의해 우왕은 강릉에서, 창왕은 강화에서 목숨을 잃었답니다.

우왕의 출생에 대해서는 아직까지 논란이 많아요. 고려사에는
우왕이 신돈의 아들이라고 기록되어 있지만, 이는 이성계 일파가
우왕과 창왕을 폐위할 명분을 만들기 위해 사실을 왜곡한 것이라
는 주장도 있어요. 혈통의 문제로 우왕을 폐위시켜 놓고 그의 아
들인 창왕을 왕위에 올린 것부터가 우스운 일이지요. 특히 창왕은
세력 다툼에 희생된 가장 안타까운 왕이었답니다.

68. 위화도 회군

환상의 콤비, 최영과 이성계의 엇갈린 운명

원을 초원으로 밀어내고 중국 땅을 차지한 명은 공민왕이 되찾은 철령 이북의 땅을 내놓으라고 억지를 부렸어요. 원이 다스리던 땅이었으니 자신들의 것이라는 말도 안 되는 주장이었지요.

우왕은 반발했어요. 도리어 명나라가 세워진 지 얼마 안 돼 불안정한 틈에 옛 고구려의 영토인 요동을 정벌하자고 했지요. 이 의견에 최영은 찬성했고, 이성계는 반대했어요. 최영은 조정에서 대대로 권력을 쌓은 권문세족 출신의 보수적인 사람이었고, 이성계는 지방 변두리 출신으로 능력을 인정받아 출세한 사람이었으니 성향부터가 극과 극이었지요. 명에 대해서도 최영은 적대적이었고, 이성계는 우호적이었어요. 이성계는 요동 정벌이 불가능한

네 가지 이유를 들었어요.

첫째, 작은 나라가 큰 나라를 거역할 수 없다.
둘째, 농사철에 군대를 동원할 수 없다.
셋째, 모든 군사가 북쪽으로 몰려간 틈에 왜구가 쳐들어올 수 있다.
넷째, 여름이라 비가 자주 내리므로 활을 빳빳이 해 주는 풀이 녹을
　　　수 있고 군사들이 병에 시달린다.

그러나 우왕과 최영의 주장을 꺾을 수 없었어요. 1388년 5월, 선봉대가 위화도에 도착하자 최영은 압록강을 건너라고 호령했어요. 하지만 이성계는 꿈쩍하지 않더니 갑자기 군대를 돌려 수도 개경으로 향했어요. 위화도 회군이라고 불리는 반란이 시작된 거예요.

최영이 특별히 총애하던 신하들도 이성계의 설득에 넘어가 최영을 배신했어요. 분노한 최영이 이들과 맞서 싸웠지만 역부족이었지요. 최영은 이성계 일파에 붙잡혀 감옥에 갇혔어요. 그는 "내게 죄가 있다면 무덤에 풀이 날 것이고, 없다면 한 포기도 나지 않으리라."는 유언을 남기고 최후를 맞이했어요. 신기하게도 그의 무덤에는 정말로 풀이 한 포기도 자라지 않았어요.

최영과 이성계는 한때 힘을 합쳐 고려를 지켜 냈지만 생각의 차이로 인해 서로 다른 길을 가게 됐지요. 자신이 역사에 등장시킨 이성계에 의해 최영은 역사의 뒷길로 사라지고 말았답니다.

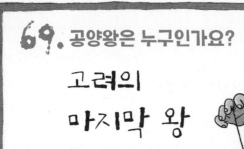

69. 공양왕은 누구인가요?

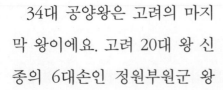

고려의
마지막 왕

34대 공양왕은 고려의 마지막 왕이에요. 고려 20대 왕 신종의 6대손인 정원부원군 왕균과 그의 정실부인 왕씨 사이에서 태어났답니다. 혈통 문제로 두 명의 왕이 폐위되고 세워진 왕이었으니 혈통만큼은 확실했어요. 그가 왕이 되었을 때는 북원이 멸망하고 명이 완전히 자리를 잡고 있는 때였어요. 이때 조정은 친원파와 친명파가 팽팽하게 대립하고 있었어요.

친명파 신진 사대부인 이성계와 정몽주는 창왕을 폐위시키고 공양왕을 왕으로 세웠어요. 하지만 여기에서부터 두 사람의 행보가 엇갈렸어요. 온건 개혁파인 정몽주 무리는 공양왕을 보필해 고려를 다시 일으켜 세우려고 했지만, 이성계와 정도전 등은 다른 생각이 있었어요. 그들은 허수아비 왕이나 다름없던 공양왕을 폐위시키고, 이성계를 왕으로 만들어 새로운 나라를 세울 준비를 했지요.

하지만 정몽주의 됨됨이와 재능을 아깝게 생각한 이성계와 이방원은 그를 자신들 편으로 끌어들이려 노력했어요. 이때 이방원이 정몽주의 마음을 떠보기 위해 지은 시조가 그 유명한 '하여가'랍니다.

이런들 어떠하리. 저런들 어떠하리.
만수산 드렁칡이 얽혀진들 어떠하리.
우리도 이같이 얽혀 백년까지 누리리라.

이 시에 대해 정몽주는 '단심가'로 화답하지요.

이 몸이 죽고 죽어 일백 번 고쳐 죽어
백골이 진토되어 넋이라도 있고 없고
임 향한 일편단심이야 가실 줄이 있으랴.

그의 뜻을 돌이킬 수 없음을 깨달은 이방원은 선죽교에서 정몽주를 죽였어요. 가장 큰 걸림돌이던 정몽주가 죽자, 이성계는 조정을 완전히 장악했어요. 1392년, 조준과 정도전 등 이성계 세력이 공양왕을 폐위시키고 이성계를 왕으로 추대함으로써, 475년 만에 고려 왕조는 끝이 났어요. 고려의 마지막 왕이었던 공양왕은 원주부터 간성, 삼척으로 유배지를 옮겨 다니다가 이성계에 의해 죽고 말았답니다.

70. 공민왕 신당

종묘, 조선 왕조 사당의 청일점

　왕이 되어 국호를 조선이라 바꾼 이성계는 나라에 필요한 시설들을 만들기 시작했어요. 그중 서울시 종로구 훈정동에 위치한 종묘는 조선의 왕들과 왕비의 신주를 모시고 제사를 지내던 곳이에요. 신주는 죽은 사람의 이름을 나무에 적은 위패를 말해요. 그런데 이곳에 공민왕의 제사를 지내는 신당인 '고려공민왕영정봉안지당'도 있답니다. 왜 조선 왕조의 사당에 고려왕인 공민왕의 사당이 있느냐고요?

　앞서 고려의 우왕과 창왕이 공민왕의 아들이 아니라는 이유로 폐위되었던 사실을 기억하나요? 그 뒤를 이은 공양왕 역시 목숨에 위협을 느껴 이성계에게 고려를 넘겨줬고요. 그런데 이때 공민왕의 후비였던 정비 안씨가 공민왕의 뒤를 이어 나라를 다스린다는 이성계의 명분에 찬성해 주었답니다.

이성계는 공민왕이 아들을 두지 못하고 세상을 떠났기 때문에 자신이 고려의 대를 잇기 위해 왕이 된다는 내용의 즉위 교서를 발표했어요. 실제로 공민왕은 이성계가 왕으로 받들던 유일한 왕이기도 해요.

종묘에 대한 이야기들을 기록한 종묘지에는 좀 더 신비로운 이야기가 있어요. 종묘를 지을 때 회오리바람이 불어 와 공민왕의 영정이 종묘 뜰 안에 떨어졌지요. 그 기이한 모습에 조정에서는 영정이 떨어진 자리에 공민왕 신당을 지었다고 해요.

공민왕 신당 안으로 들어가면 가운데 벽에는 공민왕과 노국 대장 공주를 그린 영정이 있고, 옆 벽에는 공민왕이 그린 준마도가 걸려 있어요. 그런데 이 준마도에는 미스터리한 이야기가 얽혀 있어요.

전해져 오는 이야기에 따르면 일제 때 어느 일본 사람이 이 그림을 자기 나라로 가져갔었다고 해요. 하지만 알 수 없는 이유로 일가가 몰살을 당하게 되자, 준마도가 귀신 들린 그림이라며 다시 되돌려 보냈대요. 그래서 종묘 구석의 사당에 방치되어 있었다가, 공민왕 신당 안에 함께 걸려 있게 되었대요.

참고로 공민왕 신당은 임진왜란 때 불타 버려 광해군 때 다시 지어졌어요. 죽어서도 함께하는 공민왕과 노국 대장 공주의 위패는 종묘에, 쌍분묘는 북한의 개성에 있답니다.

기황후의 묘가 우리나라에 있다?

원의 멸망과 함께 기황후는 자취를 감추었어요. 북원의 짧은 역사에서 황제들의 죽음과 명의 침입에 대한 기록 사이 어디에도 기황후에 대한 기록은 없었어요. 원이나 고려가 멸망하지 않았다면 그녀의 죽음에 대해 좀 더 정확한 이야기를 알 수 있었겠지만, 양쪽 모두 멸망하고 왕조가 바뀌게 되면서 안타깝게도 원의 마지막 황후의 행방은 알 수 없게 되었어요.

그런데 조선 중기에 기황후에 대한 기록이 다시 나오기 시작했어요. 《동국여지승람》 등의 역사 기록에 기황후의 묘에 관한 내용이 등장한 거예요. 더 놀라웠던 건, 기황후의 묘가 우리나라에 있다는 사실이었어요. 지역까지 자세히 나와 있었지요.

아, 고향이 그립구나!

경기도 연천군 상리에 가면 기황후의 묘로 알려져 있는 오래된 무덤을 만날 수 있어요. 고국 땅에 묻히기를 바란 그녀의 바람에 따라 숨을 거둔 후 조선으로 옮겨 안장되었다고 해요.

그러나 언제, 누구에 의해서였는지는 알 수 없어요. 묘 옆에는 제사를 지내기 위한 재궁이 있어서 주변 지역을 재궁동이라고 불렀대요. 그러다가 발음이 바뀌어 쟁골이라 불리면서 아랫쟁골, 윗쟁골로 마을이 나뉘기도 했고요.

기황후 묘는 6·25를 겪으며 비석과 장식물이 분실됐고, 주변에 경작지와 일반인의 묘가 들어서면서 훼손되었어요. 비지정 문화재여서 잘 보존되지 못한 거예요. 비지정 문화재는 법으로 지정되지 않은 문화재지만, 역사적 가치가 있어서 보존할 만한 것을 말해요.

기황후 묘 옆에는 그녀와 가까운 사람이거나 친척으로 추정되는 두 개의 묘가 있어요. 그러나 각각 마정승 묘와 이정승 묘라고 전해 올 뿐, 묘 주인의 이름과 자세한 사연은 알 수 없어요. 마정승 묘는 봉분이 허물어져 형태를 알아볼 수 없어요. 곁에 있는 이정승 묘 또한 돌장식들이 남아 있지만 누군가 보살핀 흔적이 없기는 마찬가지고요.

고려인으로서 원의 제1황후의 자리까지 올랐던 기황후. 세계에서 가장 큰 제국의 황후였지만 마지막은 초라했어요. 언제 매장되었는지 정확히 아는 이도 없고 관리하는 이도 없는 봉분 위로 잡풀만이 무성하지요. 조국인 고려를 미워하며 칼날을 들이댄 그녀가 평범한 고려 여인으로 되돌아가 경기도의 산자락에 잠든 것일까요? 기황후의 마지막과 관련된 진실은 아무도 모른답니다.

고려 왕실의 발자취를 따라
강화도로 떠나는 1박 2일 여행

고려궁지 사적 제133호

1232년에 강화로 들어와 1270년 몽골과 화의를 맺고 개성으로 돌아갈 때까지, 39년간 고려 조정이 지낸 궁궐터예요. 당시의 건물터와 3단으로 된 돌계단이 남아 있었는데, 조선 시대 때 이 자리에 행궁과 군사 행정 기관인 유수부 건물을 지어버렸어요. 조선 시대 왕실과 관련된 책들을 보관하던 외규장각도 있었는데, 병인양요 때 프랑스군이 불을 질러 타 버리고 많은 서적이 약탈되었지요. 일부만 남아 있던 유수부 건물을 복원해 현재는 많은 사람이 다녀가는 유적지가 되었답니다.

주소 인천광역시 강화군 강화읍 북문길 42 **전화번호** 032-930-7078
가는 방법 강화대교 → 강화읍 고려당 삼거리에서 우회전하여 약 200미터
입장료 성인 900원, 청소년 및 군인 600원 **관람 시간** 09:00~18:00

선원사지 사적 제259호

1232년에 무신 정권의 수장 최우가 나라를 보호하고 지키기 위해 지은 절이에요. 여기에 대장경 제작소인 대장도감을 설치해 팔만대장경을 만들어 보관했지요. 고려 시대 충렬왕 때 궁전으로 사용했을 만큼 규모가 컸어요. 순천의 송광사와 함께 2대 선사였으나 고려 왕실이 다시 개경으로 옮겨 간 뒤 차츰 쇠퇴했어요. 조선 초기 이후에는 폐허가 되었다가, 1976년에 조사단이 발굴하면서 많은 유물이 출토되었지요. 이곳에서는 여름이면 연꽃 축제가 열리는데, 7월 말에서 8월 초가 가장 아름답다고 해요.

주소 인천광역시 강화군 선원면 지산리 산113 전화번호 032-934-8484
가는 방법 강화 터미널에서 더러미행 군내 버스 이용 혹은 택시로 이동 (약 10분 소요)
입장료 무료 관람 시간 09:00~18:00

강화산성 사적 제132호

1232년, 몽골의 제2차 침입에 대항하기 위해 짓기 시작해서 강화도 천도가 이루어진 1234년부터 본격적으로 지었어요. 이 성은 내성·중성·외성으로 이루어져 있는데, 가장 바깥의 외성을 먼저 쌓고 내성과 중성을 지었어요. 성들은 모두 흙으로 쌓은 토성이었는데, 1270년에 개경으로 돌아가면서 몽골의 요청으로 부쉈어요. 조선 전기 때 조금 작게 다시 지었던 것이 병자호란 때 파괴되면서 1677년에 돌을 사용해 다시 지었지요. 그 후 붕괴되거나 추가로 필요한 부분이 보수되면서 2004년부터 지금의 모습을 갖추게 되었답니다.

주소 인천시 강화군 강화읍 국화리 산3번지 일원 **전화번호** 032-930-4338

가는 방법 북문 : 김포공항→48국도→강화읍→고려당삼거리에서 우회전→고려궁지 왼편길

서문 : 김포공항→48국도→강화읍 거의 지나 왼편에 위치

남문 : 김포공항→48국도→강화읍내 군청 앞 삼거리에서 좌회전 약 20미터

동문 : 김포공항→48국도→강화읍→수협 사거리에서 강화중학교 방면으로 약 500미터

북문 고려-몽골 전쟁을 위해 만든 내성에 연결되었던 문이에요. 원래에는 누각이 없었는데, 조선 정조 7년에 유수 김노진이 누각을 세우고 진송루라 이름을 붙였지요. 누각의 이름에서 알 수 있듯이 북문에서는 잔뜩 우거진 소나무 숲을 볼 수 있답니다.

서문 이곳에는 1876년 2월에 일본과 강화도 조약을 체결했던 연무당 옛터가 있어요. 강화도 조약은 일본의 강압 아래 맺어진 최초의 불평등조약으로, 이후 우리는 일본에 나라를 빼앗겼지요. 서문의 연무당은 우리에겐 잊어서는 안 되는 역사를 보여 주는 징표랍니다.

남문 이곳에는 조선 중기의 문신 김상용의 우국충정을 기리기 위해 세운 순의비가 있어요. 1636년에 병자호란이 일어나고 이듬해 1월에 강화성이 청군에게 함락되자, 김상용은 투항하느니 죽음으로 절개를 지키겠다며 자결했지요. 김상용의 순국을 후세에도 전하고자 세워졌답니다.

동문 행궁과 관아가 있는 관청리 일대와 직접 연결되는 출입문으로, 주로 강화부를 방문하는 관리들이 이용했어요. 조선 시대 병인양요 때, 프랑스군이 이 문을 통해 들어와 강화부 관아와 행궁을 불태우고 규장각에 있던 많은 도서를 약탈해 갔답니다.

연대표로 한눈에 알아보는 고려와 원의 역사

 : 고려

 : 원

1235
몽골, 고려 3차 침략

1236
팔만대장경 조판 시작

1251
팔만대장경 완성
몽골, 고려 4차 침략

901
태봉 건국

918
왕건, 고려 건국

936
후백제 멸망
왕건, 후삼국 통일

▶ **901**

1225
몽골 사신 저고여 피살 사건

1231
몽골, 고려 1차 침략

1232
강화도 천도
몽골, 고려 2차 침략

▶ **1225**

▶ **1235**

1254
몽골, 고려 5차 침략

1255
몽골, 고려 6차 침략

▶ **1335**

1335
탕기쉬 형제 반역으로
타나실리 일가 몰살

1337
바얀 후투그, 제1황후 책봉

1338
기황후, 아유르시리다라 출산

1339
충혜왕 복위
조적의 난
기황후, 제2황후 책봉

1340
승상 바얀 실각

1341
휘정원, 자정원으로 개명

1344
고려 29대 왕 충목왕 즉위

1347
톡토 부자 실각

1349
고려 30대 왕 충정왕 즉위

▶ **1341**

1351
고려 31대 왕 공민왕 즉위

1351
홍건적의 난

1352
조일신의 난

1353
아유르시리다라, 황태자 책봉

1356
쌍성총관부 되찾음
친원파(기철 일파) 숙청

1358
원 대기근

1359
홍건적, 고려 침략

1362
고용보 죽음

▶ **1352**

1257
몽골, 고려 7차 침략

1258
무신 정권 수장 최의 피살

▶ **1 2 5 7**

1259
몽골과 강화 결정

1270
개경 환도
원 간섭기 시작
삼별초 항쟁 시작

1271
쿠빌라이 칸의 대원제국 선포
(원 역사 시작)

1273
여몽연합군 삼별초 진압

1274
원과 고려 왕실 간 첫 혼인
(25대 왕 충렬왕과
　제국 대장 공주)

▶ **1 2 7 3**

1275
공녀 첫 징발

1298
고려 26대 왕 충선왕 즉위

1300
환관 첫 징발
기황후 탄생(1300년대 초)

1308
충선왕 복위

1313
고려 27대 왕 충숙왕 즉위

1330
고려 28대 왕 충혜왕 즉위

1330
토곤 테무르, 고려 유배

1332
충혜왕 폐위, 충숙왕 복위

1333
원 11대 황제 토곤 테무르 즉위
기황후, 원에 보내짐

▶ **1 3 0 0**

1363
흥왕사의 변
원 황제 양위 사건

1364
최유의 난
문익점, 원에서 목화씨 가져옴

1364
박불화 죽음

▶ **1 3 6 3**

1365
노국 대장 공주 죽음

1366
신돈 전민변정도감 설치

1368
원 황실, 명에 쫓겨 응창부로 피신
주원장, 명 건국

▶ **1 3 6 9**

1369
기황후 행방불명

1370
토곤 테무르 죽음
아유르시리다라 즉위
북원 역사 시작

1371
신돈 처형

1374
공민왕 시해
고려 32대 왕 우왕 즉위

▶ **1 3 7 6**

1376
최영 왜구 정벌

1388
북원 멸망
주원장, 중국 통일
고려 33대 왕 창왕 즉위

1389
고려 34대 왕 공양왕 즉위

1392
고려 멸망
이성계, 조선 건국

사진 협조 기관 및 저작권

이 책에 사용된 사진의 저작권은 아래의 기관에 허가를 받았습니다.

사진 허가를 해 주신 기관에 감사드립니다.

p25. 팔만대장경 목판본 ········ 국립중앙박물관

p31. 삼별초 항쟁비 ········ 강화군청

p63. 청자 양각 풀꽃 무늬 잔, 청자 죽순 모양 주전자 ········ 국립중앙박물관

p77. 원당사 오층석탑 ········ 제주시청

p86. 소은병 ········ 한국은행 화폐박물관

p91. 청자 음각 연꽃 넝쿨 무늬 매병(국보 97호) ········ 국립중앙박물관

p133. 현자총통(보물 885호) ········ 국립중앙박물관

p152~155. 고려궁지, 선원사지, 강화산성 ········ 강화군청

대한민국 대표 인성·환경·역사 교과서
★ 왜 안 되나요 시리즈 ★

★★★★
어린이를 위한
습관의 힘 시리즈

★★★★
탤리캣과 마법의
수학 나라 시리즈

★★★★
말뜻을 알면 개념이 쏙쏙
잡히는 시리즈

★★★★
세상을 바꾸는 멘토
시리즈

권당 12,000원 ● 각 시리즈는 계속 출간됩니다!